BBULMEDIA

http://www.bbulmedia.com

무영존 2

성 민 신무협 장편 소설

배신

뿔미디어

목차

9장.
혈해도

혈해도는 강서성 끝자락에 있었다.

망망대해 위에 존재하는 수백 개의 섬들 중 하나였다.

그 섬들 중에는 사람이 거주하고 있는 곳도 있었지만, 그렇지 못한 곳도 있었다.

물론 혈해도는 후자에 속했다.

반사영 일행은 항구에서 배를 기다렸다.

이곳에 도착하기까지 인원수는 점차 줄어들었다. 반사영 일행의 호위를 맡았던 애꾸눈의 사내와 수하들의 숫자는 도합 열 명이었다.

하지만 이제는 다섯으로 줄어 있었다.

바다 냄새가 후각을 자극했다.

"어째 저 냉혈한이 우리를 훈련시킬 것 같단 말이지."

"설마."

단유하는 상상도 하기 싫은 얼굴로 고개를 절레절레 저었다.

"충분히 가능성 있는 일이야."

백리웅도 무태의 말에 힘을 실었다.

"그럼 난 그냥 혀 깨물고 죽을래."

"태산검께 수련을 받은 녀석이 엄살은."

"하! 우리 사부는 저렇게 모진 분이 아니었거든."

"어이, 사영."

"왜요."

"네가 가서 물어봐라."

"제가요?"

"그래."

"왜요?"

"확 씨! 네가 여기서 제일 막내잖아."

반사영의 인상이 종잇장처럼 구겨졌다.

"뻑 하면 나이순으로 하는데, 그거 정말 낡고 식상하고 고지식한 전통이거든요."

"그래서 안 하겠다? 우리가 요 모양 요 꼴이 된 게 누구 때문인지 몰라?"

"오기 싫으면 오지 않으면 될걸. 왜 나한테 지랄이야."

엉덩이를 털고 일어서 애꾸눈의 사내에게로 가면서 반사영이 툴툴거렸다.

"언제 한번 날 잡아서 볼기짝을 두드려 줘야겠어."

"네 볼기를 볼 수 있는 거냐."

"왜?"

"아무래도 너보다 사영이 더 강할 것 같아서 말이야."

"뭐야!"

"단유하의 의견에 한 표를 던지는 바입니다."

"이런 우라질! 대체 언제부터 이렇게 윗물 아랫물의 구분이 없어진 건지."

"네가 약한 걸 누구에게 탓하는 거냐."

"이 자식을 그냥!"

막내를 심부름 보내 놓고 세 사람이 낄낄거리며 장난을 치고 있는 사이, 반사영이 애꾸눈의 사내에게 다가갔다.

쭈뼛쭈뼛하며 조심스럽게 옆에 섰다. 여전히 이 사내에게는 쉽게 다가가지 못하는 기운이 있었다.

"배는 언제쯤 출발합니까?"

"곧 출발할 것 같습니다."

"저희 네 사람의 훈련은 누가 지휘하나요?"

"지금 혈해도에 계십니다."

반사영은 일행에게 희소식을 가져다 줄 수 있어서 마음이 놓였다.

이 애꾸눈의 사내만 아니면 좋겠다는 그들의 기대가 헛되지 않은 것이다.

"배가 도착했습니다."

수하의 보고에 반사영 일행은 배에 올라탔다.

"제 임무는 여기까지입니다."

애꾸눈의 사내와 그의 수하들은 배에 오르지 않았다.

"그럼."

그는 짧게 고개를 숙이고는 수하들과 함께 돌아섰다.

"휴우! 저런 무지막지한 놈은 살다 살다 처음 본다."

무태는 그 자리에 주저앉아 버렸다.

"그럼 대체 누가 우리의 훈련을 맡는다는 거지."

"저놈만 아니면 된다면서요."

"그래, 그랬지. 하지만 뭐랄까…… 너무 불길한 기분이 든단 말이야."

"제가 늘 상 말했죠. 덩치에 좀 맞게 행동하라고 말입니다. 겁은 많아 가지고."

반사영의 타박에도 무태는 긴장된 표정이었다.

"일단 장소가 혈해도라는 것도 심상치 않고."

"뭔가 엄청난 인간이 있을지도 몰라."

"당연한 거 아닙니까? 명색이 다음 맹주가 될 사람의 비밀 조직인데 말이죠."

애써 태연하게 말했지만, 반사영도 걱정되기는 매한가

지였다. 절대로 만만치 않은 인물의 지도 아래 훈련이 진행될 것이다.

그 과정의 기간이 얼마나 되는지 등, 제대로 아는 것이 없었다. 자신을 제외한 이들은 그저 선택의 여지가 없기에 끌려온 것이다.

"저게…… 혈해도?"

단유하가 벌떡 일어섰다.

섬 주변으로는 안개가 가득했다. 항구에 있을 적만 하더라도 날씨는 화창했는데 말이다.

예상했던 것보다 더 기이한 분위기를 자아내는 섬인 건 확실한 듯했다.

배가 멈췄다. 네 사람은 물밑에서부터 걸어 평평한 육지로 올라섰다. 정말이지 아무것도 없었다. 주변에는 오로지 자갈밭뿐이다. 좀 더 안쪽으로는 빽빽하게 늘어선 나무들만이 보였다.

"너무 휑한데?"

"반겨 주는 사람 하나 없네."

주변을 둘러봐도 사람의 흔적이라거나 인기척을 느낄 수가 없었다.

본래 혈해도는 사람이 안 살기로 유명하다. 하지만 애꾸눈의 사내는 분명 누군가가 기다리고 있다고 했다. 열

렬한 환영을 기대한 건 아니지만, 이 넓은 섬에 덩그러니 있으니 막막하기만 했다.

일단 네 사람은 누군가 올지도 모르니 기다려 보기로 결정을 내렸다.

하지만 어느새 해가 져 주변은 어둠으로 가득 차 있었다.

"이것 참."

난감한 일이었다. 아무도 안내해 주는 이가 없으니 어떻게 대처해야 할지 모를 일이다.

네 사람 중 누구도 이런 무인도에서 생활해 본 적은 없었다.

"일단 주변을 둘러보자."

어두워졌다고는 하지만, 이들에게는 별다른 장애가 되지 않았다.

한참을 주변을 둘러보다가 조그마한 공터를 발견했다. 오늘은 이곳에서 노숙을 하는 수밖에 없었다.

마른 나뭇가지를 구해다가 불을 피웠다.

"대체 무슨 일을 이따위로 하는 거야."

단유하가 투덜거리며 나무토막으로 불씨가 꺼지지 않도록 뒤적거렸다.

"아무도 없는 여기서 훈련은 무슨."

"일단 오늘은 여기서 잠을 자고, 아침 일찍 섬 전체를 둘러보자. 뭐라도 나오겠지."

불침번은 돌아가면서 서기로 결정을 하고는 차가운 바닥에 몸을 뉘였다.

반사영은 가만히 앉아서 멀뚱멀뚱 어둠 속을 응시했다.

분명 스산한 분위기를 자아내는 섬인 것만은 틀림없는 사실이다. 하지만 과거 이곳에서 엄청난 피의 폭풍이 벌어졌다는 건 실감하기 힘들었다.

백 년도 더 된 아주 오래된 이야기이기 때문일까.

반사영도 혈해도에서 벌어진 전설을 과거 책을 통해서 전해 들은 바가 있었다.

지금은 천검맹의 무지막지한 힘 아래 숨어든 천마교. 그들은 거의 모든 걸 잃은 채 세상에서 자취를 감췄다.

하지만 과거의 천마교는 천하를 발아래 둔 적이 있었다. 음지에 숨어 지내던 천마교는 어느 날 갑자기 한순간에 중원을 침략하더니, 불과 석 달 만에 모든 세력을 무릎 꿇렸다.

역사상 전무후무한 일이었던 사건이었다.

천마교의 힘은 절대적이었고, 누구도 그들을 막아 낼 수가 없을 거라 생각했다. 모두가 천마교의 잔혹함에 벌벌 떨던 시대였다.

구파일방이 무너져 내린 가운데, 희망은 없었다.

지금의 천검맹의 주축이 된 사대세가와 오대문파의 수

장들이 없었다면 아직까지도 천마교의 지배가 지속됐을 것이다.

그때까지만 해도 구파일방에게 밀려 있던 사대세가와 오대문파는 그동안 숨겨 놓은 힘을 풀어냈다. 그리고 그 결과는 엄청났다.

오로지 힘만이 아닌 전략과 전술로 천마교를 대륙의 끝인 이곳 혈해도로 몰아내는 데 성공했다.

혈해도에서 구중천의 수장들, 그리고 천마교의 고수들이 벌인 싸움은 천지를 뒤흔들어 놓기에 부족하지 않았다.

열흘 동안이나 지속된 그 싸움은 천마교의 패배로 끝이 났고, 승자는 천검맹을 세우고 지금까지 이어져 온 것이다.

그런 엄청난 싸움이 벌어진 곳치고는 너무나 고요한 섬이다. 풍경도 평범했다.

하지만 그런 반사영의 예상은 곧 뒤집어졌다.

'살기!'

휘익!

반사영이 재빨리 몸을 움직였다. 그가 앉아 있던 자리에 묵빛 비도가 박혔다.

"끌끌끌. 제법인데. 꽤나 은밀하게 움직였는데 알아차리다니."

반사영의 시선이 위를 향했다. 노인은 어린아이 팔뚝만

한 나뭇가지 위에 올라서서 아래를 내려다보고 있었다.

머리카락은 한 올도 없는 대머리 노인이다. 헌데 구레나룻과 이어진 하얀 수염은 가슴팍까지 내려와 있었다.

"뭡니까…… 당신은."

"끌끌…… 뭡니까, 당신은? 고작 암기 몇 개 피했다고 내가 너 같은 놈이랑 같은 급으로 보이는 것이냐."

쉬릭, 쉬리릭!

노인이 허공에다 대고 팔을 몇 번 흔들었다.

그러자 반사영은 팔과 다리를 움직일 수가 없었다. 희한한 일이 벌어졌다. 반사영은 당혹감을 감출 수가 없었다.

마치 보이지 않는 실에 묶인 기분이다.

"표정을 보아하니 처음 보는 모양이구나."

노인은 재미난 구경을 하는 듯 미소를 지었다.

"하기야, 너 같은 애송이가 투영혈사(透映血絲)를 알 리는 없겠지."

"투, 투영혈사!"

잠들어 있던 세 사람은 진작부터 깨어 있었다. 그중에서 투영혈사를 알고 있는 건 무태뿐이다.

그는 당장이라도 게거품을 물고 쓰러질 듯이 놀란 얼굴이다. 아니, 사색이 돼 버렸다.

"투영혈사를 알면 내가 누군지도 알겠구나."

"맙소사."

"끌끌. 혼자만 놀래지 말고 주변 사람들에게도 언질을 줘야지, 요놈아."

"백염공(白髥公) 아릉(阿隆)."

노인의 정체는 백리웅의 입에서 흘러나왔다.

"아…… 하하하! 말도 안 돼."

단유하는 넋을 잃은 얼굴로 중얼거렸다.

"너, 덩치 큰 놈."

아릉의 손가락이 무태를 가리켰다.

"나에 대해서 아는 걸 쭉 읊어라."

"커헉!"

살기 띤 기운으로 인해 무태는 숨이 다 막힐 지경이었다.

"알, 알겠으니…… 이것 좀!"

노인이 즉시 살기를 거두자, 무태의 안색이 정상으로 돌아왔다.

"허억! 헉."

"저도 좀 풀어 주시죠."

"너는 일단 기다려라."

반사영의 의견은 묵살당했다.

"백염공 아릉. 이미 오십 년 전에 천하에 자신의 이름을 떨친 노고수."

"누가 노고수라고?"

"아, 정정하겠습니다. 절대고수."

"계속해라."

"네. 독문무공으로는 반사영을 묶고 있는 투영혈사가 있습니다만, 박학다식하고 만병제(萬兵帝)라는 두 번째 별호가 있을 만큼 병기에 대한 지식은 물론 병기를 능수능란하게 다룰 수 있습니다."

"만 가지는 아니고…… 한 천 가지 즈음?"

"아…… 네. 그렇군요."

"말 끊어서 화났냐?"

"아닙니다. 계속하겠습니다."

"오냐."

"백 년 전에 천마교의 공격으로 인해 멸문한 사천당가의 마지막 후손인 당화룡(唐華龍)의 적전제자이기도 합니다. 이상입니다."

"끝?"

"네."

"……."

잠깐의 정적이 흐르는 동안 노인은 얼굴을 구겼다 펴기를 반복했다.

"뭐 더 없어?"

무태는 더 이상 기억이 나지 않았지만 저 노인네가 뭔

가를 원하는 눈치를 보이자 가슴이 답답해졌다.

"그, 그게."

"흐음. 없는 게로군."

"제가 무지해서 그러니 가르침을 주시면……."

"아니야. 그저 내가 이룬 업적이라든지, 뭐, 그런 게
없는 게 좀 그래서 말이지. 너무 평온하게 살아왔어. 에
잉!"

"대화가 끝났으면 이, 거지같은 것 좀 풀어 주시죠."

반사영은 움직일 수 없는 답답함 때문에 이러는 게 아
니다. 두 손목, 발목을 감싸고 있는 실들이 날카롭게 피부
를 옭죄고 있기 때문이다.

"거지같은 게 아니고 투영혈사라는 거다."

"그게 중요한 게 아니지 않습니까."

"어린놈이 싸가지 없이. 넌 그러고 좀 있어야겠다."

"제가 알기로는 투영혈사에 묶인 채 일각이 있으면 실
핏줄이 터져 죽는 걸로……."

무태가 말끝을 흐리며 몸을 부르르 떨었다.

"생긴 거랑은 다르게 머리에 든 게 있는 놈이구나. 뭐,
일각 동안 있으면 죽는 놈도 있고, 아닌 놈도 있고. 팔자
에 달린 일이지. 버르장머리 없는 놈은 벌을 좀 받아야 하
니까."

아룡은 백리웅, 단유하, 무태를 차례대로 보더니 고개

를 끄덕였다.

"위지청 그놈이 아주 쓰레기들을 데려다가 훈련시키라고 한 것 같지는 않구나. 제법 기초는 되어 있어."

"하면 저희들의 훈련을 백염공께서 책임지시는 건지요."

"어째 마음에 안 드는 눈치다. 특히 너 멸치같이 생긴놈, 인상 좀 펴라."

"하하하! 제가 언제 인상을 구겼다고 그러세요, 어르신."

"어쭈. 내가 늙어 보인다고 시력까지 안 좋은지 알지."

"아닙니다!"

"잘 들어라. 앞으로 이 혈해도에서 너희들의 훈련은 내가 총괄한다. 이곳에서의 내 명령은 천명이다. 개기면 내 투영혈사에 묶이고 싶은 거라고 간주하겠다."

꿀꺽.

"아, 글쎄. 이거나 좀 풀어 주라니까! 정말 아파서 그렇다고!"

반사영은 더 이상 참을 수 없는 고통에 비명을 내질렀다. 아닌 게 아니라 손목에서는 이미 핏물이 뚝뚝 떨어져 내리고 있었다.

"저렇게 버르장머리 없이 개기다가는……."

"흐읍!"

아룽이 손을 살짝 휘두르니 옥죄는 세기가 더욱 강해졌다.

"아아악!"

"이런 비명을 내지르게 되겠지. 알겠나들?"

반사영을 지켜보며 눈살을 찌푸리던 세 사람은 고개를 빠르게 주억거렸다.

"좋아. 저놈이 문제구먼."

"버릇이 좀 없습니다. 위아래도 좀 못 알아볼 때도 있고요."

무태가 실실거리며 말했다.

"딱 그렇게 생겨 먹었어, 얼굴이."

"이익!"

무태는 노려보는 반사영의 눈빛을 외면했다.

"따라와라."

동시에 반사영을 옥죄고 있던 투영혈사도 사라졌다.

눈에 보이지도 않을 얇은 실이 파고들어 살갗이 너덜너덜해져 버렸다.

"빌어먹을!"

그저 풀 한 포기도 없는 마른 땅뿐이다.

"여기가 너희들 숙소 자리다."

"아……."

아무리 둘러봐도 거주할 건물은 보이지 않았다.

"물론 숙소는 오늘부터 너희가 직접 만들어야 하겠지만 말이다."

"기가 막혀서 원."

네 명은 어처구니가 없어서 할 말을 잃었다.

"지금 장난칩니까. 우리가 뭐 거지들도 아니고. 이런 대접받을 이유는 없습니다."

"지금…… 또 개기는 거냐. 투영혈사의 맛이 좀 심심했나 보지?"

백리웅이 옆구리를 찌르며 눈치를 줬지만, 그럴수록 반 사영은 더 오기가 생겼다.

"우리는 살야단의 초기 단원으로서 이런 대접을 받을 만한 이유가 없다는 걸 말씀 드리는 겁니다."

"그래서?"

"그래서는 뭐가 그래서입니까. 저희 중에 집이라는 건 물에서 살아본 이는 있어도 만들어본 사람은 없습니다. 이런 일은 전문가가 와서 해야 한다는 소리죠."

"나한테 따지는 이유는?"

"그거야 어르신이 이번 훈련을 총괄하신다고 하니까 요."

"끌끌. 그런 건 위지청 그 잡놈에게 따져라. 따지고 보면 나도 피해자란 말이다."

"네?"

"나도 이렇게 황무지에서 너희를 훈련시킬 줄 몰랐다는 소리다. 난 어제 도착해서 이 늙은 몸으로 노숙을 했단 말이다. 따지고 들어야 할 사람은 내가 아니라 그 빌어먹을 놈이란다."

"……."

"그러니 잔말 말고 집 만들어 놔라."

"하지만 오늘은 너무 늦지 않았는지요."

"너 덩치 큰 놈하고 점잔 빼는 놈은 가서 나무 좀 베어 와."

점잔 빼는 놈은 다름 아닌 백리웅이다.

"난 오늘도 이 차가운 밤공기를 맞으면서 잘 생각은 결단코 없다."

백리웅과 무태가 자리를 비우자, 다음 일을 시킬 대상은 반사영과 단유하였다.

"너희는 불을 피워라."

"아니, 영감님. 해도 해도 너무 하시네. 우리가 뭐…… 읍! 읍!"

아룡이 뭐 씹은 얼굴이 되자, 단유하는 얼른 반사영의 입을 틀어막은 채 자리를 떠났다. 조금만 단유하의 행동이 늦었다면 또다시 투영혈사로 인해 고통을 받았어야 했을 것이다.

"빨랑빨랑 움직여라!"

결국 기어코 해내고 말았다. 밤을 꼬박 새며 오두막의 형태를 지닌 걸 뚝딱하고 하나 만들어 냈다.

아무리 무림인이라고 해도 이 정도의 노동에 지치는 건 당연한 일이다.

"끌끌. 겨우 이거 했다고 기진맥진해 있는 꼴들하고는."

아릉은 혀를 차며 대자로 뻗은 네 명을 한심한 눈초리로 내려다봤다. 반사영은 눈에 쌍심지를 키고 달려들고 싶었지만, 화를 낼 힘도 없었다.

노동은 안 하고 입을 놀리며 명령만 해댄 저 노인네가 정말이지 얄미울 뿐이다. 하지만 힘이 없는 것이 죄다.

이 노인네는 애꾸눈 녀석보다 백 배는 더 악랄하고, 지독한 인간이다.

게다가 낯짝도 두껍다.

"자, 일어나라. 아침 먹을 시간이다."

저 멀리서 해가 떠오르고 있었다. 날이 밝아 올 동안 잠 한숨 못 잔 것도 모자라 아침까지 갖다 바쳐야 한다는 말인가?

분명 아룡의 말투에는 그런 의도가 다분했다.

"지원자 일어서 봐."

일어날 인간이 있을 리가 없었다. 하나같이 지쳐 있기
는 마찬가지니까 말이다.

쉬릭, 쉬리릭.

그 순간 피부를 찢어발길 듯한 살기와 동시에 반사영의
몸이 벌떡 일으켜졌다.

"으아아악!"

다시금 투영혈사로 몸이 감긴 반사영은 비명에 가까운
소리를 내질렀다. 마치 검날에 살이 베이는 듯한 고통이
었다.

"이 노인네 아침 차려 줄 생각에 너무 기쁜 모양이구
나, 끌끌."

강시처럼 벌떡 일어선 반사영을 보고 있자니, 다른 세
명도 정신을 차리고 몸을 일으켰다.

"저희도 아침을 준비하는 데 작은 보탬이 되겠습니다."

"제가 이래 봬도 낚시는 좀 하거든요."

"쩝. 이놈이면 되는데…… 뭐, 원한다면 그렇게 하도록
해라. 단…… 내가 입맛에 안 맞는 음식을 먹으면 신경이
날카로워지거든. 응?"

꿀꺽.

"또 반시진 안으로 허기를 못 채우면 아주아주 화가 날

것 같다는 것만 알아 둬."

이미 아룡의 앞에서 여유를 부리는 사람은 없었다. 엉
덩이에 불이 붙은 것마냥 부리나케 먹을거리를 찾아 나섰
다.

"에효."

아룡은 배를 채우고 나서도 한숨을 내쉬었다. 인적 없
는 섬에서 이 징그러운 것들과 언제까지고 지낼 생각을
하니 마음이 답답해졌다.

게다가 끼니를 때우는 음식의 질도 떨어졌다.

평소 미식가라고 자부하던 아룡이기이에 더욱 참기가
힘이 들었다.

"에구구."

아룡은 쑤시는 허리를 두들기며 한숨만 푹푹 내쉬었다.
그런 그를 반사영 일행은 눈만 껌뻑거리며 쳐다만 볼 뿐
이다.

아침을 차리라고 해서 차렸는데, 얼굴이 영 별로다. 그
불똥은 고스란히 자신들에게로 향할 것 같았다.

백염공 아룡을 만난 지 불과 반나절도 지나지 않았건
만, 느낌상 수년은 알고 지낸 착각이 들었다.

반나절도 길게 느껴지는데, 같이 지내야 하는 시간이 일 년이 될지, 이 년이 될지도 몰랐다. 그 긴 시간을 이 섬에서 저런 악마 같은 노인네와 지내야 한다니.

차라리 천 길 낭떠러지로 떨어지는 게 살아남을 확률이 더 클 것이다.

빠악!

꾸벅꾸벅 졸고 있는 무태의 이마로 돌멩이 하나가 날아와 부딪혔다.

다행히 내공이 실리지 않아서 무태의 마빡에 구멍이 나지는 않았다.

"아고고!"

하지만 시커먼 피멍이 드는 일은 피할 수가 없었다.

"이 늙은이는 앞으로의 생활에 대해 노심초사하고 있건만, 젊은 놈의 자식이 겨우 하루 밤을 샜다고 어른 앞에서 졸아?"

"죄송합니다."

"에구구. 이런 놈들을 내가 키워야 하다니."

"훈련은 언제부터 시작합니까."

반사영이 턱 끝을 치켜들며 물었다. 누가 들어도 시비조가 분명했다.

"제발 그러지 마라, 좀!"

백리웅이 이를 악다문 채 조그만 목소리로 말했다. 왜

이렇게 저 인간의 심기를 건드리는지 이해할 수가 없었다.

그러면 그럴수록 피를 보는 건 자신들이다.

무태와 단유하의 눈빛도 지독한 살기로 번뜩였다.

"훈련을 하고 싶다?"

아륭의 눈이 게슴츠레해졌다.

"한 며칠 쉬었다가 하려고 했는데, 몸이 근질근질거리나 보구나."

아륭은 알겠다는 듯 고개를 끄덕이며 이죽거렸다.

"끌끌. 너 덩치 큰 놈."

"무태입니다."

"알아, 알아. 네놈의 잘난 이름쯤이야. 그리고 시정잡배 놈들 모아다가 만든 용호방 방주의 제자라는 것도."

"그, 그걸 어떻게……."

"그런 기본적인 정보도 없이 내가 너희를 맡은 줄 아냐. 네가 투영혈사와 나 아륭에 대해서 잘 알고 있는 이유도 알지."

"절대로! 사부님께서 어르신을 뒤에서 욕한 적은 없습니다, 결단코."

"끌끌. 고 녀석이 내게 아주 호되게 당한 적이 있지. 아주 죽지 않을 정도로 말이야."

무태가 용호방 소속인 건 알았어도 방주의 제자라는 사실은 처음 들었다. 게다가 지금은 어디 가서도 대접받는 용호방 방주를 묵사발 냈다는 아룡의 말에도 적잖이 놀랐다.

하기야 천검맹 소맹주도 잡놈이라고 표현하는 양반이니 누군들 같잖지 않을까.

무태의 등줄기에는 식은땀이 흐르고 있었다.

자신이 용호방 방주의 제자라는 사실을 알고 있을 줄은 차마 몰랐다. 아룡의 말대로 자신이 그에 대해 잘 알고 있었던 건 다름 아닌 사부때문이었다.

무태는 자신의 사부가 세상에서 가장 두려워하는 인물이 있다는 것에 충격을 받은 기억이 있다.

그리고 그 대상이 누구인지도 귀에 못이 박히도록 들어왔던 터다.

'만약! 투영혈사를 보게 되면 절대 개기지 말고 납작 엎드려라. 알겠느냐? 그리고 절대 네가 나의 제자라는 사실도 숨겨야 한다.'

사부는 뒤에 이런 말도 붙였다.

'그 인간은 악마니까!'

생각만으로도 두려운지 사부는 몸을 부르르 떨면서 진저리를 쳤다. 그게 백염공 아룡의 대해 아는 전부다.

"아마 내 뒤 담화를 열심히 떨었겠지."

"아닙니다. 저희 사부님은 백염공 어르신을 존경한다고 입버릇처럼 말씀하셨습니다."

"참이냐?"

"물론입니다."

"대가리 박아."

"네?"

"어디서 노인네한테 되도 않는 구라를 치고 있어. 얼른 대가리 박아."

무태는 투영혈사의 맛을 보고 싶지 않아 즉시 머리를 땅에 박았다. 정말이지 어디서도 이런 대접을 받아 본 적이 없었다.

"그리고 너."

무태가 당하는 모습을 지켜보던 세 사람에게로 시선이 옮겨졌다. 아룡의 지목을 받은 건 단유하다.

"구자량 그 영감탱이는 잘 있냐."

용호방주도 모자라 태산검도 아룡에게는 같잖은 존재인 모양이었다.

단유하는 입만 떡 벌리고는 아무 말도 못했다. 자신의 사부를 저렇게 막 이야기하는 걸 들어 본 경험이 없었기 때문이다.

태산검 구자량은 현 천검맹 맹주도 한 수 접어주는 노선배였다.

"하긴, 이제는 은퇴한 퇴물 노인네가 잘 지낼 리가 없지. 얼마나 심심했으면 너같이 어린놈을 제자로 키웠겠냐.

재능도 평범해 보이는데."

"아하하!"

단유하는 머리를 긁적이며 멋쩍게 웃었다.

그게 단유하로서는 할 수 있는 최선의 반응이었다. 반사영처럼 대들지도, 무태처럼 아룡에게 비위를 맞추지도 못했다.

"어디 신검무를 펼치는 걸 볼까."

반사영의 눈이 흔들렸다.

아룡은 자신들에 대해서 속속들이 알고 있었다. 그가 천검맹에서 자신들을 지켜봤을 리가 없다.

그렇다면 모든 건 위지청에게 전해 들었을 것이다. 사전에 알아봤다든가, 아니면 애초에 살야단에 소속시키기 위해 점찍어 뒀다든가 말이다.

'뭔가 이상한데.'

하지만 지금은 이곳에서의 생활을 어떻게 해 나가야 하는지가 더 중요했다.

"신검무를요?"

"지금부터 장기 자랑 시간이다."

단유하는 아룡이 던진 목검을 받아 들었다.

"최선을 다해라. 상대가 없다고 대충할 생각은 하지 말고."

단유하는 심호흡을 몇 번 하더니 목검을 추켜들었다.

그리고 천천히 차분하게 발을 움직이기 시작했다. 동시에 허공에 자연스럽게 목검이 선을 그리기 시작했다.

막힘없이 부드럽게 흘러간다.

단유하의 이마에 땀이 맺히기 시작했다.

평범한 이들의 눈에는 단유하의 검무가 그저 힘없이 흐느적거리는 걸로 보일 것이다. 하지만 지금 여기에 있는 자들은 검무가 태산도 허물을 엄청난 힘을 갖고 있음을 모르지 않았다.

"하아! 하아!"

일각 정도 신검무를 펼친 단유하의 체력은 고갈됐다. 그만큼 내공의 사용량이 엄청났기 때문이다.

"구자량이 펼치는 신검무하고는 좀 다르구나."

"사부님께서는 저에게 맞게끔 신검무를 변형시키셨습니다."

"끌끌. 그럼 뭐하누. 기껏 일각밖에 버티지 못하고 그렇게 헉헉거리는데."

아룡은 혀를 차더니 손을 내저었다.

"버려라, 이제는."

"……?"

단유하는 고개를 갸웃거렸다. 무엇을 버리라는 건지 단번에 이해가 되지 않았다.

"뭘 말입니까."

"그 잘난 신검무 말이다."

"……!"

그래도 단유하는 말을 못 알아들은 얼굴이다.

신검무를 버려라? 그게 버리고 자시고 할 수 있던 것인가? 백염공이라는 노인은 정말로 그게 가능하다고 생각하고 마음대로 지껄이고 있는 것인가.

"살야단에서는 그런 품위 있고 고상한 무공 따위는 필요 없다."

"말씀이…… 지나치시네요."

"끌끌. 자존심이 상하느냐. 고작 그따위 신검무를 버리라고 했다고?"

"제게는 전부입니다."

"그러니 버리라는 것이다. 겨우 고따위 무공을 전부라고 생각하고 있으니 발전 가능성이 네가 제일 떨어진다."

"신검무를…… 욕보이시는 겁니까."

"끌끌끌."

아룡은 여유 있게 미소를 머금었다.

"네 눈빛은 내가 신검무를 두려워하고 있을 거라 생각하는 것 같구나."

"신검무는 강하니까요."

"과연 그럴까. 강할까? 그렇다면 왜 유성검문에서 그 대단한 신검무를 묵혀 두고 있었을까."

"신검무는 아무나 익힐 수가 없는 무공입니다."

"아니, 아니다. 실전에서 하등 쓸모가 없는 신검무이기에 익히려는 자들이 없는 것이다."

"직접…… 견식해 보시겠습니까."

"유…… 유하야! 왜 그러냐."

머리를 박고 있는 무태의 목소리가 떨리고 있었다. 상황이 점점 험악하게 돌아가자 반사영과 백리웅도 몸을 일으켰다.

자칫하면 말도 안 되는 일이 벌어질 걸 대비해서였다.

"태산검이 온다 한들 내 무릎을 꿇릴 수 있을 것 같으냐."

"사부님마저 욕보이신다면 저는 더 이상 참을 수가 없습니다."

"무인은 힘으로 말하는 법. 좋다, 어디 그 하찮은 힘을 내게 보여라."

"지금 장난하십니까. 이건 말도 안 되는 싸움입니다."

"사영, 입 다물어라."

"말도 안 되는 싸움을 걸어온 건 이 애송이다. 잘됐지 뭐냐. 감히 백염공에게 살기를 드러낸 놈이 어떤 결말을 보게 되는지 보여 주마."

단유하는 목검을 다시 들어 올렸다.

"지금부터 이 싸움에 끼어드는 놈은 내가 가만두지 않

는다."

"유하야."

"아무리 형님이라고 하더라도 끼어들지 마십시오. 이건
제 사부님의 명예가 걸린 일이니까요."

"끌끌끌. 똥폼은 그만 잡고 오거라."

치지지직.

아룡의 두 손이 퍼렇게 물들었다. 그리고 뇌전이 손끝
에서 감돌기 시작했다.

"조심해라, 애송아. 뇌격장(雷擊掌)을 맞고도 살아남은
놈은 아직 없으니까 말이다."

여전히 아룡은 여유가 있었다.

단유하는 자신의 모든 힘을 끌어모았다.

그의 검 끝에서 많은 이들에게서 잊혀진 신검무가 펼쳐
졌다.

부드러움 속에서 한순간 빵하고 터져 버리는 신검무의
초식들이 뿜어져 나왔다.

쾅, 콰쾅!

하지만 너무나 어처구니가 없을 정도로 제힘을 발휘하
지 못한다. 단유하에게 문제가 있는 것은 아니다.

아룡의 손끝에서 흘러나오는 뇌전이 더욱더 강하기 때
문이다. 그의 뇌격장이 단유하의 목검과 닿을 때마다 제
힘을 발휘하지 못하고 죽어 버린다.

단유하는 온 힘을 다해 공격해 나갔지만, 너무나 맥없이 공격이 실패하니 당황스럽기만 했다.

 분명 신검무를 제대로 펼쳤다. 그럼에도 불구하고 목검이 아룡의 손에만 닿으면 제힘을 잃어 갔다.

 지쳐 가는 건 단유하뿐이었다.

 이미 체력은 바닥이 났다.

 더 이상의 공격은 불가능할 정도로 말이다.

 "신검무는…… 실전에 쓰기에 형편없을 정도로 쓸모없는 무공이다. 네가 그토록 자부심을 느낄 정도가 아니라는 말이다."

 하지만 단유하는 인정할 수 없었다. 직접 경험을 해 보고도 받아들이기가 힘들었다.

 구자량에게 신검무만이 있는 건 아니었다. 더 훌륭한 무학들을 전수받을 수 있었음에도 신검무만을 고집했다.

 신검무가 자신에게 더 적합하다고 믿었고, 지금까지 그렇게 살아왔다.

 하지만 사실 신검무는 실전 무공이라기보다는, 말 그대로 검무에 가까웠다. 살상용이 아닌, 아름답고 멋진 검무 말이다.

 그걸 단유하도 알고 있었지만 누구에게라도 지지 않을 자신이 있었다. 잠들어 있는 신검무를 부활시키고 싶었다.

 하지만 이제는 받아들여야 할 때인 듯했다.

단유하는 불현듯 사부가 왜 세상 경험을 하라고 자신을 등 떠밀어 내보냈는지 깨달았다.

오로지 신검무만을 익히고, 고집하던 제자가 안쓰러웠을 것이다.

천하에는 수천수만 가지의 무공이 존재하고, 수많은 상황을 겪어야만이 강해질 수 있음을 깨닫게 해 주고 싶었을지도 몰랐다.

"……."

단유하는 목검을 떨어트렸다.

"살야단은…… 오로지 사람을 죽이는 일만 한다. 은밀하게, 재빨리 상대의 숨통을 끊는다. 그래야만이 너희가 살아남을 수 있는 것이다. 인간의 도리? 무인의 자긍심? 그건 지금부터 너희들이 하나하나 버려야만 하는 것들이다."

그 뒤로 아륭은 무태, 백리웅, 반사영에게 무공을 한차례씩 펼쳐 보게 했다. 반사영을 제외하고는 쓸데없는 움직임과 동작들이 많았다.

아륭의 인상이 펴지지 않은 건 당연한 반응이다.

이들이 익힌 무공은 정파의 성향이 강하다.

그렇다고 실전에 약한 것만은 아니다. 다만 살야단이 해야 할 일들에 있어서는 불필요한 것투성이라는 말이다.

특히나 단유하와 백리웅의 무공이 제일 그러했다.

두 사람의 무공은 비무나 남들에게 보여 주기 위한 겉치레적인 것들이 대부분이다.

싸우다 칼 맞아 죽기 십상이다.

가장 살수다운, 살야단이 추구하는 목적에 맞는 무공은 반사영의 것이다.

조금만 더 섬세함을 키운다면 이름을 남길 만한 살수가 되기에 적합했다.

"제 제안을 받아들이시면 백염공의 원한을 갚을 기회를 드리겠습니다."

위지청은 자신이 뭘 원하는지 잘 알고 있었다.

제안을 받아들였고, 이 녀석들만 잘 키워 내면 길고 긴 은원을 끊을 수 있게 된다. 그렇게만 된다면 이 질긴 생명을 스스로 끊을 작정이었다.

"끌끌. 그래도 이건 너무하는구먼."

환경이 열약하다고 해도 이건 너무한다는 생각이 들었다.

겨우 두 명이 누우면 꽉 차 버리는 오두막은 자신이 쓰기로 했다. 남은 하나는 좀 더 크지만, 네 명이 쓰기에는 여유가 없을 것이다.

"생전에 무영살검류를 다시 볼 줄은 몰랐건만."

아룡도 반사영이 익힌 무영살검류를 알고 있었다.

모를 수가 없었다.

"반사영을 자신의 사람으로 쓴다? 고놈의 속을 알 수가 있어야지. 에잉."

아룡은 그날 오후 홀로 바닷가로 나갔다.

그곳에는 예정대로 배 한 척이 그를 기다리고 있었다.

"가주께서 보내셔서 왔습니다."

반사영 일행을 항구까지 배웅한 애꾸눈의 사내가 아룡에게 고개를 숙였다.

"쩝. 오랜만이구나. 엽표(葉豹)."

"이건 백염공께서 필요로 하신 것들입니다."

아룡은 그가 가져온 커다란 상자를 힐끔 쳐다봤다.

"그건 그렇고, 이미 가주라고 부르는구나. 위지청을."

아룡의 눈썹이 찌푸려졌다.

"그 정도로 맹주님의 건강이 악화되신 것이냐."

"그것은…… 극비입니다."

"극비는 개뿔."

아룡은 엽표의 뒤를 따라온 서른 명가량 되는 사내들을 바라봤다.

"흑사대(黑死隊)구나."

"가주께서 이번 일에 거시는 기대가 크십니다."

"저 정도 인원이면 웬만한 작은 문파 하나는 초토화시킬 수 있는 전력일 텐데. 이곳에서 전부를 잃어도 될 만큼

저 네 명에게 투자를 한다?"

엽표의 눈가가 파르르 떨렸다.

지독한 분노로 인한 증상이었다.

"흑사대 전부를 잃을 일은 없습니다."

"흑사대는 대단하지. 천하를 아래로 내려다보는 위지세가의 특급무력부대이니까 말이야. 하지만 말이다…… 지금 저기에 있는 네 명을 상대하기에는 부족하다는 기분을 지울 수가 없거든."

"흑사대를 과소평가하시는군요."

"아, 아. 물론 흑사대가 과거 천마교의 장로들을 모조리 도륙해 낸 만큼, 강하다는 건 이미 천하가 다 아는 사실이지. 하지만 내가 장담하건대, 저 네 명 중 한 명도 죽이지 못할 것 같다는 말이다."

"가주께서는 저들의 훈련에 흑사대가 참여해 강도를 높이라는 명을 내리셨습니다. 하지만 백염공께서 그리 말씀하시니, 흑사대 대주로서 이대로 넘어갈 수는 없을 것 같습니다."

"호오. 하늘처럼 떠받드는 위지청의 명을 어기겠다?"

"가주께서도 이해해 주시리라 믿습니다."

"끌끌끌. 심복이라는 놈이 주인의 명을 제멋대로 바꾸다니. 많이 컸구나, 엽표."

으드득.

감정을 드러내 보인 순간 진 것이다. 엽표는 자신이 백염공의 말장난에 패배했음을 인정해야만 했다.

엽표에게 흑사대는 자존심이나 마찬가지다. 이들은 지독한 훈련을 통해서 키워진 존재들이다. 물론 엽표도 그런 과정을 거쳤다.

말도 못할 고통, 인간으로서의 감정 같은 건 중요시되지 않는 가혹한 수련은 버티는 것만으로도 기적이다.

흑사대는 그런 엄청난 과정을 거쳐서 탄생한 자들로 구성되어 있다. 천마교의 장로들을 압도적으로 제거할 수 있었던 것도 다 그런 수련 덕분이다.

흑사대는 위지세가의 탄생부터 함께해 왔을 만큼 역사도 깊었다.

그런 흑사대가 그깟 애송이들에게 애를 먹는다는 건 치욕적인 일이다.

"오늘 밤부터 시작한다."

"어디 하나는 병신으로 만들어 드리죠."

"끌끌. 뭐 좋을 대로. 애송이들을 상대로 전투가 어떤 것인지, 생존해야 한다는 게 어떤 것인지 잘 알려 주도록."

아룡은 그 말을 끝으로 상자에 매어진 줄을 잡아끌고 자신의 거처로 돌아갔다.

❖ ❖ ❖

"이 노인네는 또 어딜 간 거야."

해가 기울었음에도 저녁을 차리라는 말이 없었다. 어딜 간다는 말도 없이 말이다.

"쉿. 어디선가 자기 욕하는 걸 듣고 있을지도 몰라."

무태가 고개를 휙휙 돌려가며 두리번거리자, 반사영은 혀를 찼다.

"그나저나 우리 이러고 마냥 기다려야 되는 거냐."

"올 때 되면 오겠지."

"밥 안 차려 놨다고 지랄하지는 않겠지."

일행 중 아룡의 눈치를 제일 많이 보는 건 무태를 따라올 수가 없었다.

반사영은 그런 무태가 못마땅했다. 어쩜 사람이 이렇게 비굴할 수가 있는지 신기할 뿐이다.

꼬르륵.

소리는 백리웅에게서 들렸다.

"배 안 고프냐."

"쩝."

날이 어두워지면 음식거리를 찾는 데도 어려움이 따랐다.

"사영, 가자."

"어디를요."

무태가 반사영의 소매를 잡아끌었다.

"음식 구하러 가야지."

"왜요! 그 대머리 노인네가 성질 부릴까 봐?"

"이 자식이! 잔말 말고 따라오라면 따라와라. 거기 두 사람은 불이나 좀 피우고 있으라고."

"조심히 다녀와라."

"알겠수, 형님."

백리웅과 단유하는 아륭이 돌아올 때까지 불을 피우고 기다렸다.

"신검무는 결코 약하지 않다, 유하야."

"사부님과 같은 말씀을 하시네요."

"내가 처음 신검무를 봤을 때를 아직도 잊지 못한다. 무공이…… 검을 들고 펼치는 초식이 저토록 아름다울 수가 있다는 걸 그때 처음 알았지."

"하지만 정작 생사가 걸린 상황에서는 턱없이 부족하죠."

단유하는 자조 섞인 말투로 대꾸했다.

"그건 신검무가 애초에 살상용으로 만들어진 게 아니기 때문이겠지. 하지만 꼭 누군가를 이기지 못한다고 해서 약한 건 아니라고 생각한다."

"저 또한 오늘 백염공에게 당하기 전까지만 해도 그리

생각했었습니다.”

“상대가 너무 강했을 뿐이다. 너무 자책하지는 마라.”

“후훗. 위로가 좀 되네요.”

“우리가 정말로 원해서 이곳으로 온 건 아니지만, 강해질 수만 있다면 버티고 싶다.”

“강해져서 뭘 하게요.”

“그 사람의 앞에서 당신이 잘못됐다고 충고를 하고 싶어.”

“후후훗. 강해진다면 뭘 못하겠어요.”

“······!”

미소를 짓고 있던 단유하의 표정이 굳어졌다.

백리웅은 천천히 내공을 끌어모았다.

두 사람 주변을 다섯 명의 복면인들이 어느새 포위하고 있었다.

죽음의 그림자처럼 그들은 어떤 기척도 내지 않았다. 숨조차 쉬지 않는 것 같았다.

“손님치고는 너무 부담스러운데요.”

“따로 떨어져서 뚫고 가기는 건 불가능하다.”

“혼자보다는 둘이 낫겠죠.”

“하나······ 둘······ 셋!”

두 사람의 신형이 동시에 움직였다.

　　　　❖　❖　❖

"아직 멀었어요?"

"끄으응!"

"아니, 대체 혼자 뭘 잡쉈기에 그렇게 꽉 막힌 거예요."

"원래부터…… 끄으응!"

아픈 사람처럼 풀밭 사이에서 무태의 앓는 소리가 들렸다.

"더럽게 냄새나네."

"넌 안 날 것 같…… 끄으응!"

반사영은 지독한 냄새로 인해 코를 부여잡았다.

"아이고, 시원하다."

무태가 바지를 추켜올리며 모습을 드러냈다.

"잘 닦았어요?"

"대충 해결했다."

"저녁거리는 뭘 먹을 건데요."

"찾아봐야지. 열심히."

"백염공이 좋아하겠네요. 잘했다고 머리를 쓰다듬어 주시겠어요."

"이게 다 우리의 미래를 위한 일이다. 내가 나 혼자 편하자고 이런다고 생각하는 모양인데."

"아니라고 말은 못하겠네요."

"쓰읍. 그러다 혼난다."

두 사람은 서로 티격태격하며 수풀을 헤치고 나아갔다.

"아이고."

"이건 또 뭐야."

무태는 어이가 없는 표정을 하더니 머리를 긁적였다. 힘겹게 수풀을 헤치고 나오니, 자신들을 기다리고 있는 이들이 있었다.

반사영은 다섯이나 되는 이들의 기척을 아예 못 느꼈다는 것에 충격을 받았다.

"우리한테 호의적인 감정을 갖고 있는 것 같지는 않지?"

"말해야 뭐합니까. 호의적인 인간들이 저렇게 시커먼 걸 뒤집어쓰고 나타났겠어요."

"뛰어야겠지?"

"아, 도대체가 왜 이렇게 답답해요. 그걸 질문이라고 하는 저의가 뭐예요. 저놈들 이길 자신 있어요?"

"아니."

"그럼 뛰어야지 뭘 하고 있어요."

반사영은 뒤도 돌아보지 않고 달리기 시작했다.

"싸가지 없는 놈의 새끼."

무태는 복면인들을 한 번 훑어보더니 반사영의 뒤를 쫓

아가기 시작했다.

　그들을 멀리서 엽표가 지켜보고 있었다.

　"사냥 시작이다. 바로 죽이지는 마라."

　사사삭.

　그의 명령과 동시에 복면인들이 은밀하게 몸을 움직였
다.

10장.
새로운 병기

"에구! 더는 못 가겠다."

"미쳤어요?"

"좀 만 더 있으면 그럴 것 같다."

반사영은 한숨을 내쉬었다. 이 느려 터진 인간과 함께 도망가다가는 제명에 못 살지 싶다.

"보통이 아니에요. 이러고 있을 시간이 없어요."

"지쳐 죽으나, 싸우다 죽으나 마찬가지 아니냐?"

"그동안 즐거웠습니다."

"야, 이 매정한 놈아!"

매몰차게 등을 보이는 반사영의 다리를 무태가 꽉 틀어쥐었다.

"일단 뛰는 게 상책이에요. 저놈들 우리를 단번에 죽일 생각은 없는 거 같으니까."

"어째서?"

"척하면 딱. 몰라요?"

"모르겠…… 으악!"

반사영이 멱살을 틀어쥐고 올리자, 무태의 커다란 몸이 손쉽게 붕 떴다.

"갑시다. 얼른."

"어디로 가는데?"

"가장 높은 곳."

"나 고소공포증 있는데."

"아무래도 혼자 사는 길을 알아봐야겠네요."

"그런 농담 싫다, 난."

여유 있게 농담이나 하고 있었지만, 반사영과 무태는 자신들을 쫓는 이들의 강함을 느끼고 있었다.

"웅이 형님과 단유하는 어찌 됐을까."

"두 분도 저희처럼 추격을 당하고 있겠죠."

"다치거나 죽지는 않았겠지?"

"아까도 말했지만, 저들은 분명 저희를 바로 죽일 의도가 없습니다."

"원래 척하면 딱. 그렇게 알아야 하는 거냐?"

"저들…… 일부러 제 속도를 내고 있지 않아요. 저 정도나 되는 강자들이 사냥감을 쫓은 지 반시진이 지났는데 아직도 모습을 드러내지 않는 걸 보면 알 수 있는 일이죠."

반사영의 말대로 저들은 그저 멀리서 두 사람을 쫓는 시늉만 할 뿐 어떤 공격도 해 오지 않고 있었다.

"무슨 이유로?"

"훈련."

"빌어 쳐 먹을 방식이군."

"근데 진짜 고소공포증 있어요?"

무태는 입을 다물어 버렸다. 반사영의 입에서 작은 중얼거림이 흘러나왔다.

"하여간 덩치랑 전혀 어울리지 않는 짓만 한다니까."

반사영의 예측과는 달리 백리웅과 단유하는 맹공에 시달리고 있었다.

두 사람을 공격하는 건 단 두 명뿐이다. 그들은 음산한 기운을 뿜어 댔다. 검은 방갓을 쓴 자들. 백리웅과 단유하는 처음으로 죽음이라는 공포를 느껴야만 했다.

한차례 폭풍처럼 공격을 쏟아붓던 그들은 잠시 백리웅과 단유하를 지그시 쳐다봤다. 그저 바라만 보는 것임에도 꼼짝을 할 수가 없었다.

"유하."

"네."

"괜찮나?"

"그럴 리가요."

"후훗. 대체 저놈들 뭐하는 녀석들일까."

"그건 살아남은 뒤에나 고민해야 할 문제죠."

"아륭, 그 인간이 말한 훈련일까."

단유하는 대꾸하지 않았다.

훈련치고는 처음부터 너무 강하다. 그렇다면 앞으로는 점점 더 지독한 훈련이 진행될 것이다. 과연 버틸 수 있을까. 그것 또한 죽지 않아야만이 가능한 일이다. 단유하는 입술을 잘근 깨물었다.

도저히 신검무로는 저들을 이길 가능성이 없다. 그렇다고 자신에게 신검무와 버금갈 만큼의 대단한 무공이 있는 것도 아니다. 굳이 하나가 있다면 자청검법(紫淸劍法)뿐이다. 유성검문의 것이 아닌 태산검 구자량이 직접 창안한 검법이다.

하지만 자청검법은 오로지 구자량만이 오의를 깨닫고 온전히 펼칠 수가 있었다.

오로지 자신에게 걸맞게 만들었기에 단유하가 펼치기에는 무리였다.

"형님."

"왜."

"갑시다, 뚫고."

백리웅은 내심 놀랐지만 씩 웃었다.

단유하의 강단 있는 모습에서 자신도 힘을 얻었다.

단유하는 자청검법을 펼치기로 마음을 먹었다. 지금으로서는 그것 말고는 방법이 없었다.

백리웅과 단유하가 서로를 쳐다보더니 이내 고개를 끄덕인다.

자청검법 제사초 자홍성락(紫紅星落).

백리웅과 단유하를 막아서고 있던 두 사람의 머리 위로 별이 떨어져 내렸다.

고오오!

쿠쿠쿠쿠, 콰콰쾅!

산이 울리고, 땅이 흔들린다.

동료인 백리웅조차도 이처럼 엄청난 공격을 퍼부을 줄은 몰랐다. 당연히 두 사람을 막고 있던 자들은 막아서던 길을 열어 줘야만 했다. 그렇지 않았다면 뼛조각 하나도 남지 않았을 것이다.

여파로 인해 부상을 당했는지 두 사내는 백리웅과 단유하를 바로 쫓아오지 않았다.

"대, 대체 어떻게 된 거냐."

"태산검이 직접 창안해 내신 무공입니다."

단유하는 씩 웃었다. 하지만 정작 그의 입가에서는 검은 핏물이 흘러나오기 시작했다.

자신의 힘으로 쓰기에 자청검법은, 특히나 자홍성락은 분에 넘치는 무공이었다.

내상을 입은 단유하가 중심을 잃고 쓰러지자, 백리웅이 재빨리 부축했다.

"너무 무리를 했어."

"어쩔 수 없었…… 잖아요. 되도록 저승길 구경을 시켜 줬어야 했는데."

"저들도 부상이 심한 모양이다. 업혀라."

"괜, 괜찮아요."

하지만 한 번의 공격으로 단유하는 거의 의식을 잃기 직전이었다.

그런 두 사람을 멀리서 지켜보는 이가 있었다.

"태산검의 자홍성락이라…… 제법."

나무 위에서 두 사람을 내려다보는 이는 다름 아닌 아룽이었다.

말과는 달리 그의 표정은 사뭇 차가웠다.

"눈물 나는 동료애구나. 끌끌…… 넌 좀 더 강한 수련이 필요하겠어."

백리웅이 단유하를 업어 주는 모습을 본 아룽의 눈에서

는 한기가 흘러나왔다.

❖　❖　❖

"일어나라고!"

짜악! 짜악!

반사영의 손이 무태의 볼을 사정없이 때리기 시작했다.

"음…… 음……."

"이 곰탱이 같은 인간을 그냥!"

반사영은 무태의 멱살을 잡고서 흔들었다. 하지만 한 번 잠이 든 무태는 정신을 못 차린다.

"버려 두고 가야겠네. 어쩔 수 없지."

"음…… 기다……려!"

잠이 덜 깬 목소리로 무태가 반사영의 걸음을 잡았다.

"혼자 남는 건 싫은 모양입니다."

떠지지 않는 눈을 비비며 무태가 고개를 끄덕인다.

"대체 며칠째냐. 이 미친 짓이."

무태는 진절머리가 난다는 듯한 표정을 하며 일어섰다.

"저놈들은 잠도 없냐. 썩을."

반사영과 무태가 누군지도 모를 인간들에게 쫓긴 지 사흘이 지났다.

그 시간 동안 잠을 잔 시간을 합치면 반나절밖에 되질

않는다. 그것도 한 번에 쭉 자지 못하고, 쪽잠으로 겨우겨우 체력을 보충했다.

체력적으로 두 사람은 거의 한계점을 찍고 있었다.

반사영이라고 덜 힘든 건 아니다.

두 사람이 동시에 눈을 감고 잠이 드는 순간 저들의 공격이 시작된다.

한 사람은 눈을 부치고, 다른 한 명은 보초를 서야만 한다. 그러면 저들은 움직이지 않는다.

한마디로 빌어먹을 방식의 훈련이었다.

극한의 체력과 집중력을 요구한다.

"형님."

"으응."

"그 아륭이라는 인간이 눈에 보이면 덤빕시다. 사정 보지 않고."

"……."

"겁납니까?"

"어른한테 예의 없이 그러는 거 아니다."

"솔직하게 말하십시오. 겁난다고. 나 혼자라도 덤빌 겁니다."

"굳이 말리지는 않으마."

두 사람은 힘겹게 걸었다. 잠을 못 잔 체력을 운기조식이라도 하면서 보충을 해야 하건만 그것도 불가능하다.

보초를 세우고 잠을 자는 건 허락이 되지만, 운기조식은 허락을 하지 않는다.

불안전한 상황에서 운기조식을 하다가 주화입마를 당할 걱정을 하면 시도조차도 불가능하다. 온전히 본인의 정신력으로 수면 부족을 극복해야 하는 것이다.

"하아. 하아."

그런 상황이니 산을 계속 오르는 것도 벅찰 수밖에 없었다. 웬만한 정신력이 아니라면 진즉에 나가떨어졌을 것이다.

그런데 더 이상 정신력으로 버틸 수 없을 무렵, 반사영의 걸음이 뚝 멈췄다. 반쯤 감긴 눈으로 뒤에서 걸어오던 무태가 반사영의 등에 코를 박았다.

"이런 쓰읍!"

무태가 코를 부여잡든 말든 반사영은 옆에 있는 나무를 물끄러미 쳐다만 봤다.

"너도 이제 지친 모양이구나. 그래, 이왕 이렇게 된 거 잠이나 자자. 이래 죽으나 저래 죽으나 매한가지인 것 같은데. 응?"

하지만 반사영은 여전히 묵묵부답이었다.

"뭘 그리 보는 거냐."

"이것 좀 보세요."

나무에는 누군가가 인위적으로 만든 흔적이 있었다. 날

카로운 부위로 나무를 긁어서 만든 것이다.

"뭐로 보이세요."

"산의 모양이구나. 두 개의 산?"

"신호예요."

"응?"

"우리에게 누군가가 보내는 신호."

"누가?"

"글쎄요. 중요한 건 이 뜻을 파악하는 거예요."

무태는 입을 다물고 그 신호라는 모양을 뚫어져라 쳐다봤다. 두 개의 산이라니. 머리를 쥐어짜도 답이 떠오르지 않는다.

"갑시다."

"뭐라고?"

"찾았어요. 그곳이 어딘지."

"어딘데?"

"두개의 무덤이 있는 곳."

"아!"

무태는 탄성을 자아냈다. 반사영의 말에 깨달았다. 두 개의 산이 산을 뜻하는 것이 아닌, 무덤을 뜻한다는 것을.

혈해도는 결코 작지 않은 섬이었다. 게다가 섬에 대부분을 차지하고 있는 산의 크기도 상당했다. 여기저기에 돌무덤과 제대로 갖춘 누군지 모를 무덤도 존재했다.

여러 개의 무덤이 있는 장소도 있었지만, 딱 두 개의 무덤이 있는 장소도 있었다. 분명 이건 그곳을 뜻하는 것이다.

무태는 기가 막힌 듯 반사영의 등을 쳐다봤다. 대체 어떻게 그런 생각을 그토록 짧은 시간에 할 수가 있는 것일까. 그로서는 당최 감당할 수 없는 머리를 지니고 있다는 것만큼은 확실했다.

"위치는 알고 가는 거냐?"

반사영은 대답 대신 걸음의 속도를 좀 높였다.

한참을 정상을 향해 올라가던 두 사람의 눈앞에 두 개의 무덤이 보였다.

"늦었구나."

그리고 그곳에는 아륭이 씩 웃는 얼굴을 하고 서 있었다.

반사영은 그 얼굴을 며칠 만에 다시 보니 피가 거꾸로 솟는 기분이 들었다. 그것도 저렇게 행복하게 웃는 낯짝을 보니 더 환장할 것 같았다.

이 모든 고생을 계획한 이가 아륭일 것이라 확신하는 순간이었다.

"못 보던 새 얼굴이 좋아지셨습니다."

"끌끌. 너희들 걱정으로 얼굴이 반쪽이 된 게 안 보이는 거냐."

"글쎄요. 너무 피곤해서 그런 세심한 부분까지는 볼 기력이 없네요."

"생각보다 머리가 나쁘지는 않구나. 내가 남긴 신호를 보고 찾아오는 걸 보니."

만족스러운 듯 아룡은 입가에 미소를 지우지 못했다.

사실 별 기대를 하고 있지는 않았다. 표식을 찾는다 하더라도 꽤 시간이 걸릴 줄 알았던 그다.

"에구, 죽겠다."

무태는 바닥에 대자로 널브러졌다. 하지만 얼마 지나지 않아 투영혈사를 피하기 위해 몸을 일으켜야만 했다.

"버르장머리 없는 놈 같으니. 그대로 손들고 있어."

무태는 지금 누워서 단 일각이라도 눈을 붙이고 싶을 만큼 체력의 한계를 느끼고 있었다.

하지만 그랬다가는 투영혈사로 몸이 걸레짝이 될 것 같아 아룡의 말대로 손을 들고 서 있어야만 했다.

"이유나 좀 물읍시다. 대체 저놈들은 누구고, 왜 이런 훈련을 하는 건지."

"저놈들? 우리 말고 누가 이 섬에 있기라도 한단 소리냐?"

아룡은 실실 웃으며 모른 척 잡아뗐다. 반사영의 눈가가 파르르 떨렸다.

정말 저렇게 아무렇지 않게 시치미를 떼는 모습을 보니

기가 막힐 노릇이다.

하지만 힘이 없으니 참을 수밖에.

"이유는 좀 있다가 설명해 주마. 그래도 네놈들 중 너 말고도 머리가 돌아가는 녀석이 한 명은 더 있는 모양이 니."

아륭의 말대로 얼마 지나지 않아 백리웅과 단유하가 모 습을 드러냈다. 며칠 만에 만난 그들이 반가웠지만, 몰골 이 엉망진창이었다. 반사영과 무태도 그리 훌륭한 꼴을 하고 있는 건 아니었지만, 그들은 처참할 지경이다.

반사영처럼 두 사람은 세상을 여행한 경험이 부족했기 때문이다. 추운 산 속에서 잠을 자는 것은 물론 먹을거리 를 구하는 일에도 서툴 수밖에 없었다. 반사영도 그런 경 험이 있긴 하지만 무태에 비하면 새 발의 피다.

낭인들이 모여 만든 용호방 출신인 만큼, 산에서의 생 활은 무태에게 있어서는 일상이나 다름없었다. 그렇기에 그나마 반사영이 사람다운 모습을 유지하고 있는 것이고 말이다.

정작 이들을 고생시킨 아륭은 혀를 찼다.

"겨우 사흘 만에 고 모양이 되다니."

아륭에게는 '겨우' 겠지만, 이들에게는 갑작스러운 야생 의 생활이 하루하루가 지옥이었다. 백리웅과 단유하가 공 터로 도착하자마자 취한 자세는 바닥에 대자로 뻗는 것이었다.

물론 무태처럼 투영혈사를 피해 몸을 일으켜야 했지만.

"쟤도 너희처럼 그러다가 벌서고 있는 거야."

백리웅과 단유하는 손을 들고 서 있는 무태를 비웃을
수 없었다.

지금은 서서라도 잠을 잘 수 있을 만큼 피곤이 절정으
로 치닫고 있었다.

"이유를 좀 들읍시다. 대체 왜 이런 걸 우리가 해야 하
는지, 어떤 도움이 되는지. 뭐, 대충 눈치는 채고 있지
만."

"호오. 눈치를 챘다면 굳이 입 아프게 내가 설명할 필
요가 없겠구나."

반사영은 눈살을 찌푸렸지만, 이내 한숨을 한 번 내쉬
었다.

"아무리 강한 무인이라도 내공을 쓸 수 없으면 평범한
이들과 다를 것이 없는 일이죠. 아무리 방대한 양의 내공
을 몸에 축적하고 있다고 해도 무공을 발휘하다 보면 언
젠가는 바닥이 날 거고. 그런데다가 운기조식을 할 수 없
다면 그런 낭패가 없겠죠."

"계속해."

"그런 가운데 흩어진 동료와 만나거나 그들과 함께 힘
을 합쳐야 하는 상황을 위한 훈련 아닙니까."

"맞다. 주변에서 볼 수 있는 나무나 바위, 혹은 돌에 흔적을 남겨 동료와 비밀스럽게 접선하는 건 기본 중의 기본이다. 인간의 육체로서 견딜 수 없는 한계점에 다다랐을 때 집중력을 발휘해 그런 흔적을 찾아낼 수 있는지를 시험해 본 것이다."

"그럼 저희는 그 시험을 통과한 것이겠군요."

"아니. 이런 기본적인 것에 사흘씩이나 소비했다는 걸 보아, 너희들은 살수로서 꽝이다. 잘 들어라. 지금까지 네 놈들이 익힌 무공이며 지식은 모조리 지금 이 순간부터 버려라. 앞으로 너희는 오로지 생존을 위한 훈련을 지속할 테니까."

아룡은 옆에 있는 커다란 상자를 열어 잡기들을 꺼내기 시작했다.

지켜보던 이들의 입이 떡하니 벌어졌다.

그 상자에는 온갖 병기들이 들어 있었다.

아룡은 손에 잡힐 때마다 하나씩 반사영 일행에게 집어 던졌다.

"편(鞭)?"

가장 먼저 단유하의 발아래 떨어진 병기는 편, 채찍이었다.

"너에게 가장 어울리는 병기다."

"푸흡!"

눈치껏 손을 내리고 있던 무태의 웃음이 터졌다. 동시에 단유하의 얼굴은 빨갛게 달아올랐다.

무림에도 편을 독문병기로 쓰는 이들이 없지 않았다. 하지만 그 편을 사용하는 이들이 둘로 나뉜다. 하나는 여자, 하나는 색마.

선천적으로 근력이 약한 여자들이나 변태적으로 편을 이용해 성적 욕구를 채우는 색마들에게 편은 최상의 병기인 셈이다.

당연히 정파의 성향이 강한 단유하가 그걸 웃으며 받아들이는 건 불가능한 일이다.

"지금…… 절 모욕하시는 겁니까?"

"모욕이라…… 그럴 작정이었다면 아마도 이것보다 더 재미난 방법들을 사용했겠지."

아룡은 꽤나 진지한 얼굴이었다. 눈을 마주하고 있는 단유하에게만큼은 진한 살기까지 전해지고 있었다.

"용린편(龍鱗鞭)이라는 거다. 억만금을 줘도 못 구하는 신병 중 하나다. 잡아 봐라."

"그렇게 보이지는 않는데."

무태의 중얼거림을 들으며 단유하는 용린편을 집어 들었다.

"내공을 아주 살짝만 흘려보내 봐라."

단유하는 아룡의 지시대로 따랐다. 용린편에 내공을 주

입한 순간 놀라운 일이 벌어졌다.

그 순간 축 늘어진 용린편이 일시에 쭉 뻗어 봉의 형태로 변형되었다.

"만년한철과도 버금갈 만한 강도를 자랑하는 용린편은 적은 내공으로도 봉이라는 또 다른 형태로 변하는 장점을 지니고 있지."

태어나 이런 병기는 처음 보는 반사영 일행의 입이 다물어질 줄 몰랐다.

"넌 이 중에서 가장 가녀린 체구를 지녔다. 남들보다 팔이 더 긴데다가 신장도 작지 않다. 너 같은 체형에 제일 어울리는 건 호선을 이루면서 부드럽게 뻗어나가는 속(速)의 성질을 지닌 무공이 제격이다. 편은 그중 최상을 자랑하는 병기라고 할 수 있지."

아룡은 지난 사흘 동안 이들 네 명이 흑사대와 접전을 벌이는 모습을 세밀하게 관찰했다.

단유하는 그중에서 몸놀림이 가장 유연했다.

"태산검이 너에게 신검무를 가르쳐 준 이유 또한 그런 자질을 알아봤기 때문이겠지."

아룡은 낡은 책 하나를 단유하에게 던졌다.

"용린편으로 펼칠 수 있는 유룡편법(遊龍鞭法)이다."

새로운 병기. 그에 걸맞은 무공을 익혀야 한다는 건 당연한 일이다. 그처럼 자연스러운 일도 없다..

그런데 단유하는 입술을 질끈 깨무는 것으로 혼란스러운 마음을 대신했다.

"아직도 신검무의 미련이 남은 건가?"

"......."

신검무의 한계는 누구보다 단유하 본인이 더 잘 알고 있었다.

물론 자청검법을 알고 펼칠 수도 있었다. 하지만 그걸 지속적으로 사용하다가는 단명할 것이 분명하다.

내공이 받쳐 주지 않으면 어떤 절세의 무공도 제힘을 발휘하지 못한다. 그렇다고 단전에 있는 내공의 양을 늘리는 일도 불가능하다. 기연을 얻어 내공을 늘리는 건 꿈같은 소리나 마찬가지였다.

게다가 혈해도에 온 목적을 이제는 받아들여야 할 때가 됐다. 자의든 타의든 이젠 소맹주인 위지청의 그림자가 되어야 한다.

그러기 위해선 신분을 감춰야 하고, 신검무나 자청검법은 사용할 수 없는 일이다.

"이걸 익히면 강해집니까."

"신검무나 자청검법같이 겉만 번지르르한 무공을 익히는 것보다 훨씬."

단유하는 그 말뜻을 못 알아듣지 않았다.

신검무나 자청검법은 자신에게 어울리지 않는다는 말을

하고 있는 것이다.

신체적으로나 지닌바 내공으로서는 두 무공을 최상으로 펼칠 수가 없었다. 그런 건 사부인 태산검이나 되어야 진가를 발휘한다.

억울할 건 없었다. 타고난 자질은 어쩔 수 없는 일이니까.

단유하는 아릉의 제안을 받아들였다.

'보통은 아니네.'

자청검법을 펼쳤다는 걸 알고 있다면, 필히 어디선가 감시를 하고 있었다는 소리다.

그 감시의 목적은 지금처럼 어울리는 무공을 정해 주기 위함일 것이다.

또 혈해도를 나가면 전혀 다른 사람으로서 살아가야 하기 때문에 그 준비를 지금부터 해 두기 위함일 것이다.

단유하는 이제 그걸 받아들이기로 했다.

"보자……."

아릉이 다시 뭔가를 뒤적거리며 찾기 시작했다. 이윽고 그의 손에 들려져 나온 것은 커다란 철궁이다. 헌데 그걸 무태에게 던진다.

쿵.

철궁이 바닥에 떨어지자 먼지바람이 일었다.

"……?"

단유하의 발아래로 편이 떨어졌을 때와 마찬가지로 무태 또한 어이가 없는 얼굴을 하고 있었다. 그리고 책 두 권이 날아왔다.

"내가 봤을 때 이 중에서 네가 제일 머리가 나쁠 것 같은데."

"때로는 제대로 된 말을 하네요."

반사영의 말에 백리웅과 단유하의 고개가 세차게 끄덕여졌다.

전적으로 공감을 하고 있는 중이다.

"두 가지 무공을 익힐 수 있을까."

"두…… 가지?"

"용호방 방주가 가장 잘하는 것이 무엇이냐."

"주…… 주먹질입니다."

"맞다. 모르긴 몰라도 그 방면에 있어서 용호방주는 손꼽히는 인물이지."

"칭찬입니까?"

"물론. 칭찬이다. 그리고 내가 언제 손 내려도 좋다고 했냐."

살기 띤 목소리에 무태는 다시 손을 올렸다. 왜 자기만 벌을 받는지는 몰랐지만 따지고 들 자신이 없었다.

"팔다리가 길게 늘어지는 무공이 있는 것에 대해 알고 있냐."

"그, 그런 무공이 존재합니까?"

"멍청한 놈. 그런 비정상적인 무공이 있을 리가 있어?"

무태를 제외한 나머지가 낄낄거렸다.

"주먹, 발은 근접거리에서만 활용이 가능하다. 물론 내 공을 이용해 주먹이나 발길질로 조금 먼 거리에 있는 놈에게 공격을 가할 수는 있지. 하지만 더 멀리 있는 놈을 공격하려면 어떻게 해야 하겠냐."

"빠른 속도로 가까이 다가가면 됩니다."

"뭐하려 귀찮게 그러냐. 장거리 병기인 궁이 있는데."

"저더러 궁수가 되라는 말씀이십니까?"

"권장지각과 궁은 공통점이 있다. 두 가지 다 순간적인 집중력이 필요하다는 것. 가까운 거리에서 그 짧은 시간에 수십 번의 주먹과 발이 오고 가려면 순간적인 집중력. 제자리에서 화살을 날리든, 움직이면서 화살을 날리든 정확하게 상대에게 화살을 꽂아 넣기 위한 극도의 집중력."

권장지각과 궁이 그런 공통점을 갖고 있을 거라는 건 누구도 생각해 보지 않은 일이다.

"공통점이 있는 반면 서로 간의 단점을 보완해 줄 정도로 아주 훌륭한 조합이지. 장거리에서는 궁을 사용하고, 접근전에서는 주먹과 발을 사용한다."

"그럼 완벽한 무인이 되겠군요."

"그 두 가지를 완전하게 최상으로 익혔을 때나 가능한

일이다. 그걸 네놈이 할 수 있을지는 미지수일 테고."

아륭의 말대로 무태는 자신이 없는 얼굴이다. 그나마 지금까지 잘할 수 있었던 건 권장지각뿐이다. 용호방주의 제자답게 그의 수준은 꽤나 높은 편에 속해 있었다.

하지만 궁이라는 병기는 단 한 번도 접해 본 경험이 없었다.

한 가지 병기를 제대로 익히고 완성하는 데 걸리는 시간을 예측하기란 불가능한 일이다.

"용호방주에게서 배운 무공은 이제부터 사용 금지다."

아륭의 말은 그나마 갖고 있던 무태의 자신감을 뭉개 버렸다.

오른손잡이인 사람에게 갑자기 왼손으로 모든 걸 해결하라는 의미나 다름없는 말이었다.

무태로서는 아찔해질 수밖에 없었다.

"네가 익힌 용투권법(龍鬪拳法)은 물론 천하 어디에 내놔도 손색이 없을 정도다. 그건 뭐, 굳이 내가 말하지 않아도 아는 사람이라면 다 아는 사실일 테고."

"그만큼 세상에 많이 알려진 무공이기도 하죠."

"맞다. 다시 말하지만 너희들은 지금부터 본인이 지금까지 알고 익혀 왔던 무공을 버려야 한다. 살야단…… 은 지극히 은밀하게, 세상에 드러나서는 안 되는 조직이니까."

"하지만 수십 년을 용투권법 하나만 익혀 온 제가 다른 무공을, 그것도 두 가지나 완성을 할 수 있을까요."

아룡은 머리를 긁적였다.

일단은 무태에게 가장 적합한 걸 찾다 보니 권장지각과 궁의 조합이 나왔지만, 정말로 그 두 가지를 얼마만큼 자기 것으로 만들지는 미지수였다.

"글쎄다. 그건 네놈이 풀어야 할 숙제니까."

그걸로 끝이었다.

아룡은 시선을 백리웅에게로 돌렸다.

"에휴."

가장 답이 나오지 않는 게 바로 백리웅이었다.

이들 중 가장 정파적인 성향이 강한 인물이기도 했다. 백리세가의 인물.

아룡의 미간이 종잇장처럼 구겨지는 건 당연한 일이다.

백리웅도 그런 그의 시선이 달갑지만은 않다.

혈해도에 오기 전부터 자기 자신에 대해 끊임없이 질문했다.

자신의 수준이 네 명 중 가장 떨어진다는 건 알고 있었다. 자질에서도 뒤떨어진다. 받아들이기 힘들지만 분명한 사실이다.

"백리세가는 강하다."

"물론입니다."

"그들의 무공도 강하지."

"그렇기에 지금의 위치에 올라섰을 수 있었던 것이겠죠."

백리세가의 자부심은 백리웅에게는 신념과도 같은 것이다.

"하지만 넌 아니다."

아륭의 날카로운 말에 백리웅은 아찔함을 느꼈다. 알고 있는 사실이지만 남의 입을 통해서 들으면 충격은 배가 되어서 돌아온다.

"물론 백리세가의 절기들은 직계가 아니면 배울 수 없다는 건 알고 있지만, 그렇다고 해도 넌 백리세가의 명성에 비하면 약해 빠졌어."

꽉 쥔 백리웅의 주먹이 부들부들 떨렸다.

자신의 전부라고 해도 과언이 아닌 백리세가에 자신이 정말로 불필요한 존재였던 걸까.

필요한 존재가 되기 위해 노력했지만 뜻대로 되지 않았다. 직계가 아닐 뿐더러 본가에서조차 성장하지 못했다.

그런 모든 걸 핑계를 대 봐도 뛰어난 자질이 없다는 건 사실이지 않은가.

그렇다면 이제 뭘 해야 하는 것일까.

"너도 사천당가를 알고 있겠지."

"알고 있습니다."

멸문한 지 오랜 시간이 지났지만, 사천당가의 명성은 아직도 수많은 이들의 입을 통해 알려져 있었다.

"난 너를 통해 사천당가의 위상을 재현하고자 한다."

"……!"

백리웅은 물론 아룡의 말을 들은 이들의 눈이 부릅떠졌다. 그중에서 아룡의 말뜻을 이해 못한 이는 없었기 때문이다.

그것은 곧 아룡의 적전을 이을 사람으로 백리웅을 선택했다는 것이다.

사천당가!

비록 지금은 멸문을 당해 그들의 무공을 펼칠 수 있는 사람이 단 한 명뿐이지만, 그들은 무림인들에게는 전설이다. 특히나 암기와 독을 주로 다루는 이들에게 있어서는 존경의 대상일 것이다.

백리웅은 왜 하필 자신이 선택을 받았는지 이해 못하는 얼굴이다.

그의 성정을 잘 알고 있는 반사영, 단유하, 무태도 의아한 건 마찬가지였다.

누구에게나 친절하고 온화한 백리웅이다. 어떻게 이런 사람이 무림인으로 살아가는지조차 이해할 수 없을 정도였다.

그런데 그런 백리웅이 암기와 독을 다루는 무공을 익힌

다니, 그들은 그 모습을 상상할 수조차 없었다.

"지금의 네가 살야단에서 할 수 있는 일은 없다고 봐도 무방하지. 왜 그런지 알아?"

"……"

"그놈의 약하고 착해 빠진 성격. 눈앞의 원수도 죽일 수 없는 그런 나약한 심성. 그걸 계속 간직하고 있다면 넌 어딜 가서도 쓸모없는 존재로 남는 거다. 아니, 더 심각하게 말하자면, 너의 그런 성격으로 살야단의 어떤 임무에 나간다면 너 하나 죽는 게 아니다. 저기 저 세 놈이 모조리 죽는 건 불을 보듯 뻔한 일이지. 멍청한 동료를 둔 죄로 말이야."

아룡의 말은 비수처럼 날카롭게 백리웅의 심장을 찢어 놓았다.

살야단.

분명 숨 쉬는 것처럼 쉽고 간단하게 사람을 죽이는 일을 할 것이다.

그런 집단에서 도움이 되려면 자신도 사람을 죽이는 일에 죄책감이나 가책 같은 걸 느껴서는 안 된다.

"내가 널 살야단에 도움이 되는 인간으로 만들 생각이다. 선택은 너의 몫이지만."

아룡은 그렇게 말하고는 마지막 차례인 반사영을 바라봤다.

"너."

"왜요."

반사영이 퉁명스럽게 대꾸했다. 그런 모습이 뭐가 좋은지 아릉은 씩 웃는다.

"전 무공 같은 거 바꿀 생각 따위는 없습니다."

"바꾸지 마라."

"뭐라고요?"

"네 무공은 꽤나 쓸모가 있으니까, 그런대로 괜찮다는 말이다."

반사영은 기분이 좋아해야 하는지, 아닌지 혼란스러웠다. 분명 칭찬이긴 하지만 아릉의 목소리로 들으니 그다지 유쾌하지는 않았다.

"그런 만큼 앞으로 네놈의 수련 과정은 이들 중 가장 격렬하고, 고통으로 가득 찰 것이다."

"왜죠?"

"단단하고 강한 돌을 갖고 뭔가를 만들기 위해서는 그만큼의 강한 충격을 줘야 한다는 것과 다름없는 이야기를 하고 있는 거다."

"쉽게, 쉽게 설명해 주세요."

"네가 앞으로 살야단의 단주가 된다는 소리다."

아릉은 일부러 큰 목소리로, 발음도 정확하게 유지하며 그렇게 말했다.

"누구 마음대로요?"

"내가 처음 만난 날 말하지 않았나. 내 명령은 천명이고, 혈해도에 온 이상 너희는 나의 명령 아래 움직여야 한다고."

기가 막혀서 말도 나오지 않는다.

"이의가 있나."

남은 세 명에게 묻는 질문이었다. 그들은 '그런 게 있을 리가 있습니까.' 라는 식으로 고개를 저었다.

"다시 한 번 말하지만, 살야단은 앞으로 천검맹 맹주가 될 위지청의 최측근 무력 조직이다. 어떤 상황에서 무슨 임무가 떨어지든 그 명을 수행한다. 그러기 위해선 특히나 수장은 모든 걸 다 알아야 한다."

"모든 걸?"

"차차 이 혈해도에서 배우게 될 거다. 앞으로 지옥을 보게 될 거라는 말도 잊지 마라."

아룡은 그날 밤만큼은 반사영 일행을 푹 쉬게 했다. 그게 마지막으로 누리는 휴식이라는 말도 잊지 않았다.

11장.

훈련

반사영 일행은 손수 지은 오두막에서 휴식을 취했다.

혈해도에 들어온 지 불과 사나흘밖에 지나지 않았다. 하지만 그들이 느끼는 피로감은 일 년치에 해당할 수준이었다.

중요한 건 이제부터가 시작이라는 것이다.

"마음에 드는 얼굴인데요."

"나 말이냐?"

반사영이 고개를 끄덕였다. 무태는 오두막에 들어와서 철궁을 만지작거리고 있었다.

"내가 아무리 힘이 세다고 해도 이건 너무할 정도로 무거운데."

철궁은 지독할 정도로 무거웠다. 무태 정도 되니까 들 수 있는 수준이었다. 다른 이들은 들어 올리는 것조차 벅찰 정도의 무게다.

그런 걸 전투에서 사용하라는 건 미친 짓이다.

"하지만…… 백염공의 말이 맞아. 권장지각과 궁의 조합은 꽤 그럴싸하니까."

아룡이 마음에 들지는 않았지만, 사실이니만큼 반사영도 부정할 수 없는 사실이었다.

"괜히 만병제가 아니겠지."

사실은 누구라고 할 것 없이 내일을 두려워하고 있었다.

새로운 경험을 해야 한다는 중압감은 네 사람을 쉽게 잠 못 들게 하고 있었다.

"용호방 시절이 그리울 줄은 몰랐는데. 쩝."

"누가 봐도 천검맹이라는 집단과는 어울리지 않는데, 왜 입맹을 한 거냐."

"글쎄다. 사부가 쫓아냈다고는 말하지 못하겠다."

"쫓겨난 거야?"

"쯔쯧."

"덩치랑 어울리지 않는다니까."

세 사람이 한마디씩 거들자, 무태는 자신의 솔직함을 후회해야만 했다. 하지만 쫓겨났다는 표현 외에는 설명할 길이 없는 게 사실이다.

"왜 쫓겨났는데?"

무태는 난처한 질문에 애꿎은 철궁만 만지작거렸다.

"대들었거든."

"방주님께?"

"응."

"왜?"

"방주 자리에 오르라고 해서."

용호방은 꽤나 거대한 조직이다. 그 인원수는 기천은 쉽게 넘긴다. 물론 전체적인 수준은 떨어지지만, 그만한 무리의 수장이 된다는 건 아무나 할 수 없는 일이다.

"난 그런 자리에 어울릴 만큼 책임감 있는 놈이 아니라서 말이지."

무태는 어울리지 않게 자조 섞인 미소를 지어 보였다.

"방주님이 받아들인 제자가 몇 명이지?"

"넷."

"그럼 그중에서 넌 어느 위치였는데."

"첫 번째 제자. 하지만 나보다 다른 녀석들이 더 뛰어났어. 뭐든지."

"멍청이."

반사영이 발라당 누우며 말했다.

"뭐?"

"책임감이라는 건 누구나 태어나면서 지니고 있는 게 아니란 말입니다. 성장하면서 처해진 상황이나, 운명 같은 것에 처했을 때 생기는 거라는 소리죠."

"쉽게 얘기해라. 머리 아프다."

반사영은 픽 웃으며 말을 이어 나갔다.

"자리가 사람을 만든다. 용호방주께서는 그걸 원하셨던 게 아닐까요."

"그럴지도 모르지. 그런데 그 자리에 있다 보면 언젠가는 희생 같은 걸 해야 할 상황이오거든."

"어려운 거야, 그건."

백리웅이 무태의 의견에 말을 덧붙였다.

"어깨가 무거워지겠지."

세 사람은 반사영을 바라보고 있었다.

모두가 반사영이 살야단의 단주가 된 것에 불만을 품지 않았다. 다만 걱정스러운 마음만이 들 뿐이다. 단원이라고는 단 세 명뿐이지만, 누군가를 책임지고 이끌어 간다는 건 부담스러운 일이다.

반사영 또한 그런 부담감을 느끼고 있을 것이다.

하지만 반사영은 대꾸 없이 눈을 감고 잠을 청했다. 미래의 일은 언제나 두렵고 불안하지만, 부딪혀 보지 않고서는 어떤 결론도 지을 수 없는 법이다.

❖ ❖ ❖

반사영 일행은 당분간 같은 공간에서 머물지 못했다. 아룡의 명령이었다. 각자 따로 떨어져 동굴이나 자신만의 은신처를 만들어 생활해야만 했다. 철저한 고독을 느껴 보는 건 괜찮은 일이라면서 말이다.

그리고 앞으로는 내공을 사용하는 걸 금지시켰다.

그 이유는 간단했다. 언제 어디서 단전이 파괴당하거나 내공을 쓸 수 없는 약에 중독됐을 때를 대비하기 위함이라는 것이다. 연습을 실전처럼이라면서 아룡은 반사영 일행에게 약을 먹였다.

"몰래 내공을 운기할 생각은 마라. 그랬다간 온몸이 터질 테니까."

그의 말이 사실인지 아닌지 시험해 볼 간 큰 사람은 없었다.

백리옹을 제외한 나머지는 아룡을 따라 당분간 머물게 될 곳을 찾아 나섰다. 백리옹은 아룡과 함께 생활해야 했기 때문이다.

한 사람당 한 시진의 시간이 걸렸다. 짧지 않은 시간이 걸린 만큼 가까운 거리는 아닐 것이다.

마지막은 무태 차례였다.

무태의 숙소는 산 속에서 가장 높은 지대에 자리 잡고

있는 공터였다. 가까운 곳에는 냇물이 흐르는 곳이다.

"집 지어라, 여기다."

"하…… 하하하!"

무태는 머리를 긁적이며 웃었다. 지금의 감정을 표현하는 데 이 방법 말고는 없었다.

그냥 쉽게 내뱉을 말이라고 하기에 집을 짓는 노동의 강도는 격렬했다. 그것도 혼자만의 힘으로 지어야 한다는 건 결코 쉽지 않은 일이다.

하지만 아륭은 그런 것쯤은 아무래도 상관없다는 눈치다.

"궁을 들어 봐라."

아륭의 지시대로 무태는 어깨에 짊어지고 있는 무거운 철궁을 한 손에 들었다.

"이거 왜 이렇게 무거운 겁니까."

"평상시에 그걸 들고 다니면 근력이 얼마나 세질까 하는 단순한 호기심 때문이다."

"그게 무거운 이유라면 제가 너무 손해 아닐까요."

"궁수에게 근력은 필수다. 그 철궁이 뭐로 만들어졌는지 알면 신주단지처럼 갖고 다닐 게다."

"뭔데요, 그게."

"만년한묵철(萬年寒墨鐵)."

"히이익!"

"놀랐냐."

"그거 비싼 겁니까."

아릉의 손이 무태의 머리통을 한 대 쥐어박았다. 맞는 사람 입장에서는 눈앞이 빙글 돌 정도의 세기였지만.

"비싼 거다. 그만큼 웬만한 검기로도 상처 하나 내지 못할 정도로 단단한 물건이지. 그걸로 사람 머리통을 갈기면 어찌 되겠냐."

"에엑! 징그럽게 무슨 그런 말씀을."

아릉은 어울리지 않는 행동을 하는 무태의 정강이를 걷어차 버렸다.

아릉은 무태가 궁을 잡는 자세를 유심히 바라봤다.

"처음치고는 제법."

"사부님이 취미로 궁을 좀 다루셨거든요. 어깨너머로 좀 봤습니다."

"자랑하는 거냐."

"아닙니다."

아릉은 무태에게서 멀찌감치 떨어졌다.

"넌 앞으로 걷는 게 편하냐, 아니면 뒤로 걷는 게 편하냐."

"그야 앞으로가 당연히 편하죠."

"그럼 뒤로 걸으면서 쏘도록 해라."

"네?"

"끌끌. 왜? 못하겠냐?"

"아니, 뭐 하러 그런 짓을 합니까?"

"가장 힘들고 어려운 일에 익숙해지면 그 반대의 경우는 눈을 감고도 할 수 있으니까."

무태는 이해할 수 없는 얼굴을 하고서 뒤로 걸으며 철궁을 들어 자세를 취했다. 바보처럼 뒤로 넘어지는 건 당연한 일이다.

그 모습을 보던 아릉은 뭐가 재밌는지 낄낄거리며 웃었다.

"이번에는 화살을 쏴 봐라."

무태는 한숨을 내쉬더니 아릉의 말대로 행동했다.

이번에는 바보처럼 넘어지지는 않았지만, 화살이 제대로 힘을 받지 못해 앞으로 나가다가 툭 하니 떨어져 내렸다.

"끌끌끌. 뒤로 이동하면서 화살을 제대로 쏠 수 있을 때까지 계속해라. 사흘의 시간을 주마."

어처구니없는 표정을 하고 있는 무태를 뒤로한 채 아릉은 사라졌다.

아릉이 무태 다음으로 지도에 나선 대상은 단유하였다.

단유하는 그리 크지 않은 동굴에서 생활해야 했다.

"마음에 드느냐."

그걸 질문이라고 하고 있냐는 단유하의 눈초리를 아릉

은 신경 쓰지 않았다. 실제로 단유하의 의견을 듣고 싶어서 한 질문이 아니기 때문이다.

"편을 들어라."

단유하는 아직도 낯설기만 한 용린편의 손잡이를 잡았다.

용린편의 손잡이는 가죽으로 만들었지만, 그곳을 제외한 부분은 철갑을 두른 것처럼 반짝반짝 빛이 나기도 하며, 닿기만 하면 살갗 정도는 가볍게 베어 버릴 듯했다.

"편의 기본은 손목에서 나온다."

쿵.

아릉이 철로 만든 재질의 환을 내던졌다.

"앞으로 두 손목에 그걸 채우고 살아라. 그 상태로 편을 휘두르는 거지."

"……?"

단유하는 환을 들어 봤다. 엄청난 무게의 드는 것조차 버겁다. 이런 물건을 찬 채로 살다가는 원숭이처럼 두 팔이 무릎까지 내려갈 것이다. 게다가 그 상태로 편을 휘두르는 게 가능이나 하단 말인가.

"그리고 편의 끝으로 저 나무를 맞추는 거다. 시간은 사흘. 그 안에 나무에 작은 구멍을 내면 되는 거지. 간단하지?"

괴팍한 성격이라는 건 처음 본 순간부터 느꼈던 거지만

이제 보니 미친 사람이 아닐까, 라는 의구심이 증폭되었다.

자꾸만 말 같지 않은 소리를 하고 있으니 그럴 만도 했다.

용린편의 끝은 날카롭다. 하지만 베어 내는 것과 구멍을 내는 것에는 엄청난 차이가 있다. 용린편으로 나무를 베는 것은 쉬울지 몰라도 구멍을 내는 일은 불가능하다. 장거리에서 길게 늘어진 편으로 구멍을 내려면 내공을 이용해 봉의 형태로 만드는 방법 말고는 없었다.

"집중력이다. 편의 끝에 힘을 주는 그 집중력."

"사흘 동안 그걸 못하면 어쩝니까."

"끌끌끌. 그건 너의 상상에 맡기마."

아륭은 다시금 그 말을 끝으로 몸을 돌렸다.

"이게 뭡니까."

"지도…… 모르냐."

"그럴 리가요. 이걸 왜 저한테 주느냐 이거죠."

"외워."

"뭐라고요?"

"내가 제일 싫어하는 게 했던 말 다시 묻는 거다. 앞으로는 조심해."

"끙."

"일각의 시간을 준다. 외워."

가타부타 아무런 설명도 없이 지도 한 장을 외우란다.

암기만큼은 자신 있는 반사영이었다.

이까짓 지도를 외우는 것쯤은 일도 아니다.

"하아암!"

반사영이 지도가 뚫어져라 쳐다보는 동안 아룡은 그늘진 곳에 누워 하품을 늘어지게 해 대고 있었다.

"다 외웠습니다."

"흠."

"섬의 항구는 몇 개냐?"

"두 개입니다."

"방향은?"

"서북쪽의 하나, 남쪽의 하나."

"섬의 특징은?"

"대부분 마른 풀이 무성한 초원이더군요."

"또."

"산이 하나가 있는데, 산세는 그렇게 험하지 않습니다."

"계곡은?"

"하나 있습니다. 그 계곡에서 흘러 산 중간을 가르는 냇물이 하나 있죠."

그 뒤로 아룡의 질문은 끊이지 않고 이어졌다. 그럴 적마다 반사영은 차분한 태도로 대답했다.

내색은 안 했지만, 반사영이 이렇게 완벽하게 지도를 외워 버릴 줄은 몰랐다. 무연심공으로 인해 남들보다 기억력이 배는 좋다는 걸 모르는 아룡으로서는 꽤나 당혹스럽기만 했다.

지도라는 게 그렇게 쉽게 외울 수가 있는 게 아니기 때문이다.

"사흘 준다."

"……?"

"혈해도 정중앙을 차지하고 있는 이 산을 지도로 표시한다."

"지금 그걸……!"

"말이라고 하는 중이다. 개기지 말고 하라면 해. 무슨 사내놈들이 이렇게 말이 많은 거야."

아룡은 오히려 어이가 없는 입장은 자신이라고 생각하는 모양이다.

역시나 뒷짐을 지고는 그렇게 반사영의 눈앞에서 사라졌다.

"마셔라. 녹차다."

당분간 아룡과 함께 지낼 백리웅의 안색은 그리 좋지 않았다.

이 엄청난 인간의 곁에서 뭔가를 배워야 한다는 건 썩 반가운 일은 아니다.

이렇게 실실 웃는 얼굴을 하고 있는 걸 보니 불안은 증폭된다.

하지만 나름 자신의 긴장을 풀어 주기 위한 것이라고 생각하고 나무로 만든 잔에 담긴 뜨거운 차를 마셨다.

"사천당가가 왜 없어졌는지 아냐."

"천마교 때문이라고 알고 있습니다."

"정확하게 말하자면 당시 사천당가의 가주 때문이지."

"저도 자세히는 모릅니다."

"당가의 가주가 부인을 들였는데, 그게 요녀였던 거야. 천마교에서 심은 세작 말이지. 그녀는 가주의 눈과 귀를 가리고 자기 멋대로 당가를 주무르기 시작했어. 우습지 않냐. 수백 년의 역사를 자랑하는 사천당가가 고작 세작 신분의 여인의 손에 균열이 가고, 마지막은 멸문지화를 당했다는 사실이."

"……."

"가주의 최후는 독살이었다. 그것 또한 우습지. 독과 암기로 명성을 얻은 사천당가의 가주가 독살을 당하다니."

"무서운 이야기네요."

"실제로 경험해 보면 더 좋겠지."

백리웅은 아룡의 말뜻을 조금 뒤에 깨달았다.

"우욱! 웩!"

복부에 갑작스럽게 엄청난 통증이 찾아왔다. 바늘로 누군가가 쑤시는 듯한 고통에 백리웅은 바닥을 나뒹굴었다. 눈은 당장이라도 튀어나올 듯 부릅떠졌다.

숨통이 막혀 컥컥거리며 어떻게든 숨을 들이마시고 내쉬기 위해 발버둥을 치기 시작했다.

이게 죽는 거구나, 라는 공포조차 느낄 새가 없었다. 그런 감정을 느낄 시간에 살기 위해 몸부림쳐야만 한다.

하지만 그런 고통은 얼마 지나지 않아 거짓말처럼 사라졌다.

"아주 소량의 독을 넣었다. 죽지 않고, 죽음과 맞먹는 고통을 느낄 수 있을 만큼만."

아룡의 목소리가 환청처럼 들렸다.

조금 시간이 더 지나자 살았다는 안도감이 들었다.

"알겠냐. 이게 무림이다. 그리고 이게 독의 힘이다. 계집 하나로 인해 천하를 들었다 놨다하는 사천당가가 한순간에 무너져 내렸다. 잔혹하고, 차갑다. 지금 넌 이미 한번 죽은 셈이지. 어때 공짜 인생을 살게 된 기분이."

아룡이 자신에게 무엇을 말하려고 하는지 모르지 않았다.

그간 무림에 대해 덧없는 환상을 품은 적은 없었다. 하지만 조금은 안일하게 생각했던 건 사실이다. 어차피 사람이 사는 세상이니까 말이다.

하지만 백리세가의 가주 백리천호로부터 그 현실을 조금 알게 됐다.

개인의 욕심을 위해서라면 동생의 삶을 망가트리는 곳이 무림이다. 또한 사랑이라는 사탕발림이 독이 되어 모든 걸 앗아 갈 수 있는 세상도 무림이다.

사람이 사람을 죽이는 일은 수천수만 가지며, 그중 음식에 독을 타서 죽이는 일이 태반일 것이다.

"지금부터 넌 독이 뭔지, 암기가 뭔지, 하나하나 차근차근 배워 갈 것이다."

"언……제까지 이러고 있으면 됩니까."

반 시진 전부터 무태는 세상이 거꾸로 보였다. 피가 머리로 몰려 보는 이로 하여금 죽기 일보 직전이라는 걸 보여 주고 있었다.

"글쎄다. 힘드냐. 그렇게 약속을 했으면 지켜야지."

아룡은 바위에 누워 청명한 하늘을 올려다보고 있었다.

"하…… 잠드시면 아니 됩니다."

드르렁.

아룡의 코고는 소리가 들리자, 무태는 조급해졌다. 지금 무태는 나무에 거꾸로 매달려 있었다. 사흘 동안 아룡이 시킨 과제를 성공하지 못한 벌이었다.

이대로 조금만 더 있다가는 머리가 터져 죽을 것이다.

"백염공……."

불러 봤자 아룡은 꿈쩍도 하지 않는다.

"백염공…… 옆에 뱀이 다가갑니다."

"구라 친 대가로 일 각 추가다."

"아아아악!"

"시끄럽다. 일 각 추가."

"잘……못했습니다. 다시 해 보겠습니다."

무태는 울음 섞인 목소리로 말했다. 그제야 아룡은 몸을 일으켜 나무에 매달린 무태를 풀어 줬다.

"해 봐."

아룡은 기대조차 하지 않는 눈초리로 코를 후비며 말했다.

무태는 자세를 잡고 뒤로 빠르게 걸으며 화살을 날렸다.

하지만 이번에도 실패.

"내공을 쓰지 못하니 답답하지?"

무태의 고개가 푹 꺾어졌다. 천재까지는 아니더라도 사부에게 처음 무공을 배우던 시절에도 이렇게 자신감이 없던 적은 없었다.

무태가 뒤로 달리면서 활을 쏘는 일을 사흘 만에 해낸다는 건 불가능한 일에 속했다. 어깨너머로 본 것이 전부였던 궁.

그것도 남들과 다르게 제자리에서 쏘거나 전진하면서 하지 않고, 뒤로 달리면서 화살을 날리라니. 집중을 할 수도 없는데다가 화살이 제대로 힘을 받지 못한다.

내공이라도 쓸 수 있었다면 화살이 앞으로 쏘아져 가기는 할 것이다.

"내공이라는 편법에 익숙해져서는 절대로 좋은 살수가 되지 못한다. 이 말이 무슨 뜻인지 알겠냐."

무태는 고개를 가로저었다. 그런 말을 한 사람은 지금까지 본 적이 없었다.

"뒤로 달리는 상황에서 제대로 궁을 사용할 수 없다면 넌 계속 나무에 거꾸로 매달려야 한다는 소리다."

무태는 아름의 수련 방식에 진절머리가 났다. 어디서 듣도 보도 못한 방식으로 사람을 훈련시킨다. 이건 말 그대로 죽는 게 낫다고 생각할 정도다.

최소한 요령이라도 알려 줘야 하건만 그냥 될 때까지 하라는 식이다.

그렇게 무태는 늦은 밤이 돼서도 무거운 철궁을 놓지 못했다. 다시 사흘이라는 시간이 주어졌고, 임무를 완수하지 못하면 또다시 나무에 매달리는 고문을 당해야만 했다.

그것만 생각하면 쉽게 잠이 들 수가 없었다. 하지만 잠을 자야 내일을 위해 체력을 보충 할 수가 있었다. 억지로 눈을 감고 잠을 청하던 무태의 심장 박동 수가 빨라졌다.

그는 천천히 몸을 일으켰다.

집이라고 지었지만, 바람만 막아 줄 정도로 대충 지었기에 방음 같은 건 전혀 되지 않는다.

밖에서 누군가가 다가오고 있었다. 무태는 철궁과 화살을 챙겼다.

"빌어먹을."

분명 지난번 자신들을 쫓아오던 놈들이다. 잠잠한가 했더니 다시금 공격해 들어왔다.

푸푸푹.

미세한 나무 틈을 뚫고 들어온 암기는 무태가 방금 전까지 누워 있던 위치에 박혔다.

잔뜩 긴장한 자세로 있는 무태를 무안하게 할 정도로 암기를 날린 인간의 다음 공격은 이어지지 않았다.

"후우."

이건 아룡의 경고라고 받아들일 수밖에 없었다.

"긴장을 늦추지 말라는 건가. 빌어먹을."

잠만큼은 편하게 잘 수 있을 거라고 생각한 것이 실수

였다.

그럴 인간이 아니다. 아룡이라는 작자는. 아마도 다른 동료들에게도 불청객이 찾아갔을 것이다.

"사부가 보고 싶어질 줄이야."

왜 사부가 아룡을 악마 같은 인간이라고 말했는지 너무나 공감을 하고 있는 무태였다.

시간은 막힘없이 흘러갔다.

처음 내린 명령을 한 번에 완수한 사람은 반사영뿐이었다.

그중 가장 속도가 더딘 이는 무태였다.

하지만 이제 얼추 화살에 힘이 실려 있다. 단지 정확도가 떨어질 뿐이지.

반사영 일행의 훈련 과정은 파격적이라고밖에 표현할 수 없었다.

백리웅은 하루에도 몇 번씩 혈변을 봐야만 했다.

독을 알기 위해서는 독을 알아야 한다며 아주 일정한 양의 독을 직접 시음한 결과다.

독에 대해서 천재적인 만큼 아룡은 딱 죽지 않을 만큼의 양만을 사용했다. 백리웅의 입장에서는 그냥 죽음을 맛보는 것이 편할 만큼 고통스러운 나날들이었다.

단유하는 점점 원숭이처럼 두 팔을 늘어트린 채 생활했다. 손목에 무거운 납덩이를 차고 다니다 보니 자연스럽게 찾아온 현상이었다.

덕분에 나무에 구멍 정도는 낼 수준은 됐다.

그러나 세 사람의 훈련은 반사영에 비하면 애교 수준인 셈이었다.

반사영은 어디서 구해 갖고 왔는지 수백 권의 책무더기에서 생활해야만 했다.

그리고 모조리 머릿속에 집어넣으라는 명령이 떨어졌다.

종류는 다양했다. 세상에 존재하는 병기, 전술, 도시, 살인, 고문 등등.

차곡차곡 반사영은 그것들을 흡수했다. 아무렇지 않게.

아룡은 그 모습에 혀를 내둘렀다.

"나보다 더한 미친놈이 있을 줄이야."

상상조차 못했던 일인 만큼 충격을 받았지만, 그렇기에 욕심이 더욱 생겨났다.

"피는 못 속인다 이거지. 끌끌…… 위지청 그놈이 놀랄 만큼 괴물로 만들어 주마."

겨울이 지나고 봄이 다가왔다. 더디지만 반사영 일행의 훈련은 그런대로 아룡의 계획대로 진행되어 가고 있었다.

개개인에게 주어진 새로운 병기에 대해서도 어느 정도 성과가 드러나기 시작했다.

가장 발군은 백리웅이었다.

"제법 무인다운 눈이 되었구나."

평소 칭찬을 모르는 아룡의 입에서는 여간해서 들을 수가 없는 말이었다.

백리웅은 아룡에게서 사천당가의 절기들을 배워 나갔다. 물론 지금은 누구도 알지 못할 뿐더러 사천당가가 존재했을 때도 비밀스럽게 이어져 오던 무공들이다.

살수로서 최적의 무공인 셈이다.

중요한 건 기본기였다. 백리웅의 주공은 암기술이다. 내공을 사용 못하는 상황에서 철저하게 기본기부터 시작해 왔다. 신기에 가까운 수준은 아니지만, 백리웅은 어느 정도 아룡의 예측대로 기술적인 부분에 재능이 있었다.

의외로 살수로서의 성장 가능성은 반사영보다 백리웅이 월등히 높았다.

타고난 침착성.

그 하나만으로 백리웅은 아룡의 기대에 부응하기 충분했다.

여린 심성만 버린다면 최고의 살수가 될 수 있을 것이
다.

"화천비(火天匕)라는 거다."

아륭은 작은 죽통을 백리웅에게 건넸다.

뚜껑을 열어서 보니 검붉은색의 비수가 수십 개 들어
있었다.

"화천비?"

"혈안백묘(血眼白猫)라는 신화 속의 독물의 이빨을 재
료로 만든 거지. 평상시에는 날카롭기만 한 이빨이지만,
동물의 피에 물들면 강력한 맹독을 자랑한다. 화천비가
몸에 박히면 자연스럽게 피가 묻을 것이고, 맹독은 그때
작용이 되어 온몸이 타들어 가는 고통에 죽고 마는 거
지."

듣는 것만으로도 오금이 저릴 만한 물건이었다.

"내 사부께서 즐겨 쓰시던 물건이기도 하다."

"본의 아니게 사천당가의 맥을 잇게 됐군요."

"싫으냐?"

"좋을 리는 없는 일이죠."

"끌끌. 영광인 줄 알아라. 사천당가의 절기는 타고난
재능이 없는 놈에게는 견식조차 불가능한 무공들이었으
니."

"저에게 재능이 있다는 소리로 들리는데요. 맞나요?"

"뭐, 내 안목은 정확하니까. 네놈이 나의 뒤를 이을 놈이라고 결정을 한 이상, 어떻게든 그렇게 만들 생각이다."

백리웅은 묘한 기분이 들었다. 자신을 태어나게 해 준 백리세가에서도 늘 찬밥 신세였다. 재능도 없을 뿐더러 기회조차 주어진 적이 없었다.

그런 자신에게 처음으로 뭔가에 재능이 있다는 걸 들은 기분은 나쁘지 않았다.

휘리릭.

백리웅은 이제 제법 몸 안에 숨기던 비수들을 다루는 데 일정한 성취를 이뤘다.

소매 속에 감춰 둔 비수를 언제, 어디서도 재빨리 꺼내어 목표물을 향해 날린다.

파파팍!

일순간에 세 개의 비수가 나무에 꽂힌다. 놀라운 눈을 감은 채였다는 것이다.

지금껏 백리웅은 안대로 눈을 가리고 비수를 던져 야생 동물을 잡는 훈련을 해 왔다.

푸푸푹.

게다가 비수에는 투영혈사가 매달려 있어서 백리웅의 의지대로 회수가 가능하다.

"최대 여섯 개의 비수를 동시에 날릴 수준은 되어야

한다."

　백리웅은 고개를 끄덕이고, 자세를 가다듬고는 두 손을
교차로 모았다가 일시에 뿌렸다.

　쌔애액!

　정확히 양 소매에 숨겨 둔 여섯 개의 비수가 공기를 가
르며 나아갔다. 이번에 목표물로 삼은 이가 바로 아룽이
었다.

　"히이익!"

　워낙 빠르고 기습적인 공격이었지만, 아룽 정도 되는
고수가 피하지 못할 수준은 아니었다. 하지만 아룽은 호
들갑을 떨며 요란하게 피했다.

　목표물을 빗겨 나간 비수들은 투영혈사를 움직이는 백
리웅의 조종으로 생명이라도 있는 것처럼 다시 튀어 올라
아룽을 압박해 들어갔다.

　"끌끌…… 해 보자는 거냐."

　백리웅의 입가로 미소가 걸렸다.

　휘리릭.

　아룽의 소매에서도 투영혈사가 모습을 드러냈다. 그러
곤 백리웅의 비수를 모조리 묶어 버렸다.

　허공에서 정지해 버린 여섯 개의 비수들.

　차르륵!

　그 순간 아룽의 발목을 휘어 감는 것이 있었다.

검은 뱀처럼 아룡의 발목을 묶어 버렸다.

"크흑!"

뼈가 으스러질 것 같은 통증에 아룡은 얼굴을 구겼다.

"용린편!"

내공이 실린 용린편은 바위도 부술 만큼의 위력을 지니게 된다.

아룡은 더 이상 투영혈사로 백리웅과의 싸움을 할 수가 없었다.

즉시 투영혈사를 거둬들이고는 권풍으로 용린편을 쳐 냈다. 고작 권풍으로 용린편이 어찌 되지는 않겠지만, 충격을 받은 이상 풀어질 수밖에 없었다.

"끌끌끌."

아룡의 몸에서 진득한 살기가 흘러 나왔다.

뒤에는 단유하, 전면에는 백리웅이 아룡을 공격한다.

아룡은 살기 띤 눈을 하고 있으면서도 입가에는 미소를 그리고 있었다.

"내공을 사용하는구나."

"해독약을 좀 만들어 봤습니다."

주기적으로 내공을 쓰지 못하게 하는 약을 먹었다. 하지만 백리웅이 거기에 대한 해독약을 만들어 지금은 내공을 자유자재로 쓸 수가 있게 된 것이다.

"자…… 이제 시작을 해 보겠습니다."

용린편을 회수한 단유하가 천천히 걸음을 옮겼다.

"너희만 오지는 않았을 터."

"그럼요."

백리웅이 어깨를 으쓱해 보이며 말했다.

"분명 이런 계획을 짠 놈은 저놈이겠구나."

수풀 사이에서 반사영이 모습을 드러냈다.

반사영 일행은 그동안 서로가 어디서 지내는지 알지 못했다.

하지만 어느 순간 반사영이 보내 온 신호로 은밀하게 계획을 주고받았다. 반사영의 머릿속에는 혈해도의 전체적인 지도가 그려져 있었으니까 말이다.

거기에 백리웅이 아룡 몰래 만들어 낸 해독약까지 존재하니, 한자리에 모여 아룡을 공격하는 건 일도 아니다.

"합공을 하겠다?"

"물론입니다."

"합공이 아니면 어르신을 제압하는 건 불가능한 일이니까요."

마지막으로 무태의 목소리가 들렸다. 무태는 공터가 훤히 내려다보이는 나무 위에 있었다. 철궁을 들고 화살촉은 아룡에게로 고정되어 있었다.

아룡은 이들의 계획을 전혀 눈치챌 수 없었다.

그로서는 뒤통수를 맞은 격이다. 하지만 기분이 불쾌하거나 나쁘지 않았다.

자신이 그간 가르쳐 준 대로 실행에 옮긴 것이다. 반사영 일행의 작전은 완벽했다.

"어디 끝까지 그렇게 여유를 부릴 수 있는지 보마."

아륭은 투영혈사를 사용하지 않았다.

대신 두 개의 작은 소도를 꺼냈다.

"너희 같은 애송이들 수십 명이 덤벼도 해내지 못하는 일이 있다."

서서히 아륭의 몸에서 푸른 연기가 나기 시작했다.

"나 정도 되는 고수를 이기는 일."

멀리 떨어져 있었지만, 지금까지는 다른 기운에 무태는 마른침을 삼켰다. 처음 이 작전에 격렬한 반대를 했던 사람은 다름 아닌 자신이다.

태산검과 용호방주를 애 취급하는 아륭이다.

자신들의 힘으로는 불가능했다. 아무리 합공을 한다고 하지만 그게 통할 상대가 있고, 그렇지 않은 상대가 있는 법이다.

아륭이 바로 그렇지 않은 쪽에 속한다.

어쩌면 목숨을 걸어야 할지도 모를 일이었다. 하지만 이제 와서 후회해 봤자 소용없는 일.

무태는 화살을 잡고 있던 손을 놓았다.

핑.

그걸 신호탄으로 단유하의 용린편이 미끄러져 나아갔다.

뱀처럼 또다시 아릉의 발목을 낚아채기 위함이다.

피하는 아릉의 머리 위로 백리웅의 몸이 솟구쳐 올랐
다.

은하유성비(銀河流星飛)!

차차창!

용린편은 권풍으로, 백리웅의 은하유성비는 소도로 모
조리 막아 낸다.

하지만 그건 신경을 분산시키기 위한 공격에 불과했다.
진짜 공격은 반사영이다.

폭뢰비!

쿠쿠쿠쿵!

아릉 한 사람에게 집중적인 공격이 퍼부어졌다.

"으아아악!"

아릉의 소도가 반사영의 검과 맞불이 붙었다.

캉, 캉, 캉!

두 사람의 검이 불꽃을 튀기는 사이, 나머지 셋도 위치
를 옮겨 다시금 공격한다.

좌르륵.

용린편이 아릉의 손목을 휘감았다.

그사이 무태의 화살이 날아왔다.

"크으윽!"

아룡이 조금만 움직임이 늦었더라면, 가벼운 상처로만 끝나지 않았을 것이다.

푸우욱!

두 개의 비수가 허벅지에 와서 박히는 것까지는 피할 길이 없었다.

휘리릭!

촤악!

손목을 옭아매고 있던 용린편이 어느새 등 뒤를 찢어 놓았다.

"하아…… 하악."

숨을 고르며 아룡은 웃었다.

분명 이 빌어먹을 놈들 개개인의 능력은 형편없지만, 이들의 합공은 최상이다.

그럴 의도로 이들에게 새로운 무공과 병기를 익히게 했지만, 실제로 결과물을 보니 자신이 생각했던 것보다 훨씬 대단하다. 천하의 백염공이 피를 흘릴 만큼 말이 다.

반사영 일행의 합공은 거기서 끝났다.

아룡이 피를 봤다면 끝난 것이다. 하지만 그들은 거들 먹거리지 않았다.

"이제 이 지긋지긋한 곳을 나가도 됩니까. 이만하면 그
정도 수준은 된 것 같은데."

아룡은 천천히 호흡을 가다듬었다.

오랜만에 심장이 떨리는 싸움을 한 덕분에 지쳤기 때문
이다.

"아직이다."

"더 남았습니까?"

오늘 일을 벌인 이유는 혈해도를 나갈 조건을 시험하기
위해서였다.

"마지막 관문."

"마지막 관문?"

"끌끌끌. 흑사대의 전멸."

"우리를 공격하던 놈들이 흑사대라는 겁니까?"

단유하가 용린편을 옆구리에 끼면서 물었다.

아룡은 힘겹게 고개를 끄덕였다.

"그놈들을 모조리 죽이지 못하면 너희는 혈해도를 나가
지 못한다."

"왜죠?"

"그게 위지청이 바라는 거니까."

"그만한 능력이 없으면 모습을 드러내지 마라?"

"끌끌끌."

반사영은 자신 있었다. 흑사대를 모르는 건 아니다. 위

지세가를 대표하는 최강의 무력 부대. 하지만 질 거란 생각은 들지 않았다.

"겨우 이 늙은이 하나를 제압했다고 들뜨진 마라. 적어도 흑사대는 개인이 아닌 집단. 그리고 녀석들도 이 혈해도에서 훈련을 받았다. 이곳 지형에 대해 너희보다는 더 잘 알고 있지."

"그건 저희가 알아서 합니다."

"물론 그래야지. 하지만 이거 하나만 알아 둬라. 너희들이 조합을 이루면 최상의 힘을 발휘하지만, 떨어트려 개개인으로 본다면 아직…… 한참이나 멀었다는걸."

반사영 일행은 말없이 사라졌다.

"엽표."

"네."

아룡의 앞에 엽표가 나타났다.

"어떻더냐."

"아직은 가주께서 원하시는 수준은 못됩니다."

"끌끌끌. 그놈의 자존심은. 이 늙은이가 이렇게 처참하게 당했는데도?"

"……."

"불과 반년도 채 지나지 않아서 이룬 것치고는 대단하지 않냐. 이런 식으로 나에게 덤빌 거라고 그 누가 생각이나 했겠어."

"그럼 지금부터는 본격적으로 시작하겠습니다."

"그렇게 하도록 해."

엽표마저 사라진 뒤에도 아룡은 그 자리에서 한참 동안을 가만히 있었다.

"금세 정이 든 모양인가. 나답지 않게."

12장.
세상 밖으로

"여기, 여기."

반사영은 지도를 펼쳐 든 채 두 장소를 짚었다.

"분명 여기 그놈들이 은신하고 있을 거다?"

단유하의 질문에 반사영이 고개를 끄덕인다.

"어째서?"

"우리 넷이 머물고 있던 위치에서 멀지 않고, 그리고 가장 길이 험하니까요."

흑사대는 반사영 일행이 수련을 하는 내내 수시로 암습을 가해 왔다. 아무 생각 없이 잠들어 있다가 부상까지 당한 적도 여러 번이다.

"길이 험하다는 건 그만큼 누군가가 들어오기도, 나오

기도 힘든 장소. 암습을 가하고 은신처로 돌아오는 중에 우리가 쫓아오더라도 얼마든지 제 몸 하나쯤은 숨기기 쉬운 장소는 여기밖에 없어요."

"인원수는 얼마나 될까?"

"대략 열 명에서 스무 명 안팎."

반사영의 확신에 찬 말에 나머지는 별다른 질문을 하지 못했다.

"그냥 배 타고 나가면 안 되는 거냐."

막 구워진 뱀 한 마리를 씹어 먹으며 무태가 한 말이다.

"배는 누가 만들어?"

"그야…… 너 만들 줄 모르냐?"

단유하는 고개를 가로저었고, 반사영은 머리를 쥐어뜯었다.

"만들면요. 만들면 흑사댄지 뭔지 하는 것들이 우리한테 손 흔들어 주며 잘 가세요, 하며 보내 줍니까?"

"글쎄다. 해 보지 않아서."

"그럼 오늘 바로 공격하는 거냐."

백리웅의 질문으로 인해 반사영은 더 이상 무태와 대화를 이어 나가지 않아도 됐다.

"아뇨. 기다립니다."

"기다려?"

"네."

백리웅은 이해할 수 없다는 얼굴이었다.

"왜 그래야 하지?"

"서두르면 우리만 당해요. 저 녀석들은 우리보다 경험도 많을 테고. 우리는 저들에 대해 모르지만, 저들은 우리에 대해 잘 알고 있죠."

"흠…… 언제까지 기다려야 하지?"

"사흘."

"사흘씩이나?"

"뭐하러? 지금 당장 이 지긋지긋한 곳을 벗어나고 싶단 말이다!"

단유하가 무태의 입을 막지 않았다면, 반사영이 직접 했을 것이다.

"흑사대가 직접 공격해 올 때까지 기다립니다."

"과연 올까?"

반사영은 씩 웃으며 머리를 긁적였다.

"자신들이 강하다고 생각하는 무리는 때로 성급하게 움직이거든요. 힘을 과시하기 위해서."

반사영의 말대로 쥐죽은 듯 사흘을 보내니 흑사대가 먼저 움직였다.

그들로서는 하루라도 빨리 혈해도를 벗어나고 싶었을 것이다.

게다가 상대도 되지 않는 반사영 일행쯤이야, 하는 안일한 마음을 갖고 있는 것도 사실이다. 하지만 그렇다고 설렁설렁 움직이지는 않았다. 겨우 토끼라 할지라도 최선을 다해 잡는다.

그게 범의 본능인 것이다.

하지만 그들은 곧 자신들이 범이 아닌 범의 사냥감인 승냥이에 불과하다는 걸 깨달았다.

"커헉!"

어둠 속에서 붉은 섬광이 거미줄처럼 흑사대 무인들의 목에 틀어박혔다.

화천비를 회수한 백리웅의 주변으로 흑사대 무인 넷이 포위했다. 여섯 중 둘이 순식간에 목숨을 잃었다.

백리웅은 여유가 있었다. 그의 두 손에는 투영혈사로 묶인 화천비가 있다. 이것만 있으면 그 누가 와도 상대할 자신이 있는 그였다.

쌔애액!

두 개의 검날이 상체와 하체를 동시에 찌르고 들어왔다.

하지만 화살이 그 두 사람의 목 줄기를 관통해 버렸다.

은하유성비가 다시금 펼쳐졌다.

여섯 개의 화천비가 하늘 위로 치솟아 올랐다가 빠른
속도로 하강한다.

쿠쿠쿠쿵.

내공이 실린 화천비는 상대를 난도질한다.

나머지 둘은 신음 소리도 내보지 못하고 죽었다.

주변에 포진해 있던 반사영과 무태, 단유하가 모습을
드러냈다.

"자, 갑시다."

하나같이 긴장된 표정들이었다.

"겨우 여섯 명 해치웠다고 들입다 공격하는 거야?"

"지금이 적기예요. 흑사대가 조금이나마 긴장하고 있을
테니까."

흑사대의 은신처로 추정되는 지역까지 반사영 일행은
천천히 다가갔다. 반 시진가량 움직였지만, 흑사대는 모
습을 보이지 않았다.

그렇다고 무작정 공격해 들어가는 것도 어려운 일이다.
저들은 어디까지나 자신들보다 이런 산속에서의 전투에
경험이 많을 것이다.

어디서 어떤 식으로 존재를 감추고 있을지 모를 일이
다.

특히나 반사영은 최대한으로 신경을 집중했다. 천천히

움직이느라 시간도 지체됐다.

—여기서 잠시 쉬죠.

그러다 보니 몸은 배로 더 힘이 들었다.

반사영 일행은 일정한 거리를 두고 떨어져서 이동하고 있었다.

—그런데 거기 없으면 어쩌냐?

—생각해 본 적 없어요.

—그냥 달려가면 안 되냐. 꼭 이래야만 하는 거야?

—츱. 전음 보낼 시간에 좀 쉬세요.

—역시 내 걱정해 주는 건 너밖에 없구나.

반사영은 무태의 농담에 대꾸를 할 수가 없었다. 저만치서 미세한 기척이 잡혔기 때문이다.

숫자는 넷.

—옵니다. 한 사람당 하나씩 맡기로 하죠.

근처에서 다가오는 이들의 기척은 웬만해서는 감지하기 힘들 만큼 은밀하다. 반사영이 아니었다면 코앞까지 다가와도 몰랐을 것이다.

저들의 임무는 정찰일 것이다. 앞서 자신들을 척살하러 보낸 여섯이 연락이 없자 상황을 알아보기 위해 보내졌을 것이다.

반사영은 자신이 예상한 장소에 흑사대가 있다는 것을 확인한 셈이다.

나아가는 방향의 맞은편에서 왔다면 분명 그럴 것이다. 이제 흑사대를 휩쓸어 버릴 일만 남았다.

거기에 어떤 작전 같은 건 없다.

지금 저들보다 자신들이 한 수 위의 능력을 갖추고 있었으니까 말이다.

하지만 반사영의 생각은 그만의 착각이었음을 얼마 지나지 않아 알 수 있었다.

쾅, 쾅, 쾅!

세 번의 굉음과 동시에 짙은 어둠을 밝혀 주고도 남을 엄청난 빛이 번쩍였다.

분명 저곳은 단유하와 무태가 있던 장소다.

'설마…… 폭음?'

반사영은 나무 위로 올라가 폭음이 들린 곳을 살폈다.

"맙소사!"

그곳은 이미 불바다가 되어 있었다.

―형님!

반사영은 가장 가까운 위치에 있던 백리웅에게 전음을 보냈지만 답이 없었다.

그리고 반사영 본인도 검은 그림자들의 공격으로 더 이상 신경을 분산시키는 게 불가능했다.

반사영을 향해 수십 개의 검기가 뿌려졌다.

월야무영으로 반사영의 신형이 뒤로 미끄러져 가며 최

대한 공격 범위 밖으로 벗어났다.

"당……신은?"

"정식으로 인사를 드리겠습니다. 흑사대주 엽표라고 합니다."

자신들을 혈해도로 향하는 배에 태운 애꾸눈의 남자. 그가 흑사대주였다는 사실에 반사영의 얼굴이 굳어졌다.

"그럼 그때 방갓을 쓴 자들이 흑사대?"

"맞습니다."

엽표는 냉정한 목소리로 대꾸하며 검을 뽑았다. 그의 뒤로는 세 명의 흑사대원이 서 있었다.

반사영에게 검기를 뿌린 자들.

"그 짧은 시간 동안 놀랄 만큼 성장을 하셨더군요. 흑사대 여섯을 해치우실 정도라니. 많이 당황스러웠습니다."

반사영은 이제야 깨달았다.

처음부터 이럴 작정으로 흑사대 여섯을 보낸 것이다.

그들은 애초에 자신들에게 죽임을 당하기 위해 보내진 것이다.

"우리의 기를 일부러 세워 줬군요."

"무공만 뛰어난 것이 아니라 수를 읽는 심계 또한 능하시군요. 백염공의 말씀처럼 살야단을 이끄시기에 부족하지 않습니다."

"후후훗. 당했군요."

어느 정도 만족할 만한 수준이 됐다고 판단이 들었다. 흑사대 여섯을 해치우고 자신감에 차올랐던 것은 사실이다.

하지만 최대한 냉정하게 상황을 보고 움직였다. 그러나 그 사소한 자신감이 눈을 가려 버린 셈이다.

설마하니 폭탄을 설치해 놓았을 줄은 몰랐다. 그 목적 또한 반사영은 알 수 있었다.

"이렇게 우리를 따로따로 떨어트려 놓을 심산이었군요."

"부득이하게. 뭐, 그렇지 않고서도 여러 가지 방법들이 있었겠지만, 조금 화려하게 시작을 해 보고 싶어서 말이죠."

엽표는 천천히 검을 뽑았다.

"지금까지의 모습이 흑사대의 전부라고 판단을 하셨던 건 조금 경솔하신 것 같습니다."

"그랬던 것 같군요."

"집단 대 집단. 다수 대 소수. 어떤 상황에서건 우두머리의 잘못된 명령은 죽음을 초래한다는 걸 가르쳐 드리고 싶었을 뿐입니다."

반사영은 희미하게 웃으며 고개를 끄덕인다.

인정할 건 인정한다. 하지만 다시는 지금과 같은 실수

는 없을 것이다. 물론 이번 싸움에서 살아남는다면 말이다.

"제가 말이 좀 많아졌군요. 그럼 이제부터 생존이 무엇인지 알려 드리겠습니다. 최선을 다해 발버둥 쳐 보십시오."

"최선을 다해…… 덤비시죠."

"물론입니다."

반사영은 그 말을 다 듣지도 않고 움직였다.

월야무영을 펼치면서 온 힘을 다해 검을 휘둘렀다.

무영살검류, 폭뢰비.

콰콰쾅.

붉은 검기가 적들에게 쏘아져 나갔다.

흑사대는 그걸 피하거나 검으로 막아 냈다.

무영살검류, 전광무영.

잔영을 남기며 앞으로 튀어나간 반사영의 검이 흑사대 무인들을 훑었다.

픽!

공격은 성공적이다. 목숨을 끊을 순 없었지만 말이다. 반면 반사영 자신도 피를 봐야만 했다.

어깨 쪽 살점이 너덜너덜해졌다.

"쇄월검진(鎖月劍陣)을 펼친다."

엽표의 명령이 떨어지자마자 세 명의 흑사대원들이 삼

각 대형을 이뤘다. 그 안에는 반사영이 갇혔다.

"살!"

세 개의 응집된 힘이 반사영 한 사람에게로 모아졌다.

사아아아.

바람이 불었다. 짙은 살기를 동반한 사람은 반사영의
피부를 찢기 시작했다.

반사영의 눈에 공중에서 내려오는 엽표의 모습이 보였
다.

파뢰전(破雷電)!

푸른빛을 띤 뢰전이 가득 담긴 동그란 기파가 머리 위
로 떨어져 내렸다.

동시에 삼각으로 반사영 주변에 있던 흑사대도 일제히
검을 찌르고 들어온다.

그런 상황에서 반사영이 선택할 수 있는 일이란 하나밖
에 없었다.

지금까지 단 한 번도 펼쳐 본 적 없는 무영살검류의 마
지막 초식.

무영살검류, 섬영혈참(閃影血斬).

섬영혈참을 펼친 순간 기혈이 뒤틀리고, 혈관이 당장이
라도 터질 듯 부풀어 올랐다. 몸의 한계를 극복해야지만
이 펼칠 수 있는 섬영혈참이 반사영의 검날에서 뿜어져
나왔다.

츠츠츠츠.

팔황권(八荒拳), 벽력파황(霹靂破荒).

무태의 두 주먹에서 벼락이 터져 나왔다.

콰콰쾅!

아룡에게서 배운 팔황권은 누가 만들었는지 상상을 초
월할 정도의 무공이었다.

아직 완벽한 수준으로 자신의 것으로 만들진 못했지만,
지금 상태만으로도 충분히 흑사대를 상대할 정도는 되었
다.

문제는 오른쪽 팔이다.

갑작스럽게 눈앞에서 폭약이 터진 결과다.

하지만 화상으로 그친 건 천운이었다.

조금만 움직임이 늦었다면 온몸이 터져 죽었을 것이다.
안도의 한숨을 내쉴 틈도 없이 흑사대가 몰아붙였다.

지독한 놈들이다.

급소를 맞았음에도 벼락처럼 다시 일어선다. 도대체가
어떤 훈련을 받으면 저렇게 되는지 무태는 심히 궁금할
지경이었다.

무태에게 들러붙은 흑사대원들의 집요한 공격이 끊이지
않았다.

이들과 싸우느라 일행들과의 거리도 한참이나 떨어져

있었다. 무태도 이들의 의도가 무엇인지 눈치챌 수 있었다.

아룡의 말처럼 단합했을 때는 최강의 힘을 발휘하지만, 따로따로 떨어진다면 흑사대와의 싸움에서는 필패다.

분명 다른 동료들도 그렇게 생각하고 있을 것이 틀림없다.

무태는 적당히 힘이 빠진 척하며 신법을 발휘해 도망가기 시작했다. 덩치와 안 맞게 무태의 속도는 빨랐다.

도망을 치는 와중에도 철궁을 이용해 화살을 날리는 것도 잊지 않았다.

아마 아룡이 시킨 훈련이 없었다면 이런 자세로 화살을 쏘는 건 꿈도 못 꿨을 일이다.

그런 점에서 무태는 굉장한 이득을 보고 있는 중이었다. 이동 중에도 화살을 날리니 쫓아오는 입장에서도 틈을 내어 줄 수밖에는 없었다.

"아이고."

무태는 기진맥진하여 풀밭 위에 널브러졌다.

얼마 지나지 않아 저들이 다시금 쫓아올 테지만, 벌써부터 몸에 무리가 갈 정도로 무리를 해서는 안 된다.

쉴 때 충분히 휴식을 취해야만이 위급한 상황에서 주먹 한 번이라도 더 휘두를 수가 있었다.

어느 정도 숨 돌릴 틈이 생기니 동료들 걱정이 들었다.

폭약의 양은 엄청났다.

그곳에서 멀리 떨어진 위치였지만 공중으로 치솟은 검은 연기가 보일 정도니까 말이다.

가장 가까이 있던 이가 단유하였다.

"모두…… 무사해야 할 텐데."

일각 정도 휴식을 취한 무태는 부지런히 다시금 몸을 움직였다. 그러면서 흔적을 남기는 일을 잊지 않았다.

자신들만이 정한 암호였다.

"무태라는 자는 현재 산 정상을 향해 오르고 있습니다."

"계획대로군."

수하의 보고를 들은 엽표는 만족스러운 듯 고개를 끄덕였다.

"나머지는."

"백리웅은 부상을 입었고, 단유하와 반사영 또한 산 정상을 향해 오르고 있습니다."

"부상?"

"네. 작은 상처인 듯하지만 움직임이 더딘 것으로 보아 상처가 벌어진 모양입니다."

"쯔쯧."

"어찌할까요."

엽표는 반사영 일행에게 절망감이 뭔지 느끼게 해 줄 참이었다. 이들이 산 정상으로 올라가 힘을 합치게끔 놔 두는 것도 일부러 그러는 것이다.

마치 힘을 합치면 흑사대를 이길 수 있을 거라는 그 희망마저도 잘근잘근 밟아 줄 작정이다.

그런 절망감 뒤에 그들은 죽는다.

그걸 통해서 주군인 위지청에게 보여 줄 생각이다. 이 따위 애송이들을 키우는 건 헛된 일이라는 것을.

오로지 위지청의 그림자는 자신이고, 위지세가의 가주를 모시는 최고의 집단은 흑사대뿐이라는 걸 말이다.

"한 놈쯤 먼저 죽이는 것도 나쁘지 않겠지."

"그럼 그렇게 하겠습니다."

동료들보다 뒤떨어진 백리웅을 처리하기 위해 두 명의 흑사대원들이 그의 뒤를 쫓았다.

이미 부상을 당한 백리웅을 상대하기 위해 더 이상의 인원을 투입하는 건 우스운 일이었다.

흑사대도 이번 일로 희생한 수가 많은 만큼 전력을 아낄 필요가 있었다.

어디까지나 이 혈해도에서 나가는 건 자신들이다. 밖으로 나가서 임무를 맡으려면 최대한 희생을 줄여야 한다.

백리웅의 흔적을 찾는 일이란 너무나 쉬웠다.

심한 부상을 당했는지 여기저기 혈흔이 묻어 있었다.

그의 흔적은 동굴 입구에서 끊겨져 있었다.

하지만 흑사대원들은 쉽게 들어가지 못했다. 어디까지나 함정을 파놓고 기다리고 있을 가능성이 다분했다.

상대에게 불리한 상황일수록 더욱 그랬다.

푸푸푹!

어떻게 해야 할지 고민을 하는 사이, 화천비가 날아와 두 사람의 목숨을 끊었다.

그들 뒤에서 백리웅이 화천비를 회수하고 있었다.

"여기 있으면 돼요."

산 정상으로 도착하자마자 무태는 반사영이 정해 준 자리를 보며 인상을 찌푸렸다.

정상으로 올라오는 길목은 하나다. 그곳이 내려다보이는 바위틈에서 흑사대를 기다리라는 것이다.

"문제는 화살이 별로 없다."

"아니, 근데 뭔 놈의 화살이 그렇게 금방 떨어져요?"

"재밌지 뭐냐."

"뭐라구요?"

"그게…… 뭐랄까. 궁의 매력에 빠졌다고 하면 이해가 되려나. 멀리서 한 방, 한 방 쏠 때마다 그 빌어먹을 자식들이 픽픽 쓰러지니까."

"그래서 쓸데없이 막 날리셨다?"

무태가 씩 웃으며 고개를 끄덕였다.

"됐수다. 더 이상 형님이랑 말 섞어 봤자 환장할 것 같으니."

"미안하다, 대장."

"이번에는 한 발, 한 발 정확하게. 알았죠."

"열심히 해 보마."

반사영은 아래로 내려와 지형을 살폈다.

산 정상에서 승부를 보려는 이유는 간단하다. 적들이 자신들보다 숫자가 많았다. 게다가 자신을 제외한 나머지 동료들에게 산의 지형은 익숙하지가 않았다.

반면 흑사대는 이곳에서 훈련을 받았고, 누구보다 지형을 잘 알고 있을 것이다.

거기서 허우적대다가는 힘 한 번 제대로 써 보지 못하고 패할 것이 분명했다.

게다가 이곳으로 올라오는 길목은 하나.

전면전을 벌이기에 적합했기 때문이다.

후방에서는 백리웅이 공격에 가담할 것이다.

못 본 사이에 확실히 백리웅은 성장해 있었다. 그가 다루는 화천비에 대해 들었다. 암기를 다루는 백리웅의 모습은 낯설었지만, 전투에 있어서 큰 활약을 하는 것은 분명 좋은 일이다.

"웅이 형님이 잘해 줘야 할 텐데."

"충분히 잘해 주실 거라 믿습니다."

폭약이 터진 날 이후로 각자 흩어져 연락을 할 상황이 못 됐다. 하지만 이미 사흘 동안 움직이지 않으며 여러 가지 상황에 대비해 작전을 짜뒀다.

혹여 각자 떨어져 흩어지게 되는 상황이 오면 무조건 산 정상으로 올라오라는 것.

그렇게 되면 흑사대도 따라올 것이고, 그 장소에서 전면전을 벌인다.

하지만 넷 중 한 명은 부상을 당한 척하고, 후방에서 치고 올라온다.

다행히 모두가 무사히 산 정상을 밟았다. 아직 백리웅이 어떻게 됐는지는 알 길이 없었지만, 무사히 후방 지원을 해 줄 것이라 믿었다.

이제 흑사대만 모습을 드러내면 되는 것이다.

하지만 이 모든 작전은 수포로 돌아갔다.

입구로 나타난 건 흑사대주 엽표와 아룡이었다.

"뭡니까. 둘이서 싸우러 온 겁니까?"

"쩝. 제법 결의를 다진 것 같은데 이거 어쩌냐."

"지금 즉시 낙양으로 가야 할 일이 생겼다."

"뭐라고요?"

"맹주님께서 운명을 달리하셨다."

"그, 그게 사실입니까!"

바위 위에서 듣던 무태의 목소리가 쩌렁쩌렁 울렸다.

천검제가 죽었다.

돌연 폐관에 들어 삼 년간 두문불출하던 위지강이 죽었다는 소식은 삽시간에 중원 전체로 퍼져 나갔다.

그가 처음 폐관에 들 적만 해도 천마교가 보낸 살수에게 부상을 입은 섯이 아니냐, 냉독에 중독된 것이 아니냐는 등 많은 소문들이 나돈 것이 사실이었다.

하지만 천검맹 내부에서 그런 말을 믿는 이들은 없었다.

천검제의 무공과 그를 지키는 천령군을 뚫고 암살을 시도할 수 있는 인물은 천하 어디에도 없었으니까 말이다.

하지만 삼 년이 지난 뒤 천검제가 싸늘한 주검으로 발견되어 세상 밖으로 나왔다.

충격으로 물든 천검맹은 가장 화려하게 천검제의 장례를 치렀다.

장례가 끝나자마자 천검제의 혈육 위지청을 비롯해 천검맹의 수뇌부들이 한자리에 모였다.

실내에 앉아 있는 이들은 총 아홉.

천검맹이라는 연합을 이루는 사대세가와 오대문파의 수

장들, 구중천이라 불리는 자들이었다.

모두가 하나같이 침통한 표정을 하고 있었다.

천검제는 천검맹의 상징이나 마찬가지인 인물이었다. 그런 그가 불시에 세상을 떠났으니 이제는 새로운 인물을 뽑아야만 했다.

물론 장내에 모인 인물들 중 대다수가 속으로 누가 다음 맹주가 될지는 쉽게 점칠 수 있는 일이었다.

"오늘 이렇게 자리를 만든 건 아시다시피 맹주님의 죽음과 공석인 맹주 자리에 대한 의견을 나누고자 함이외다."

가장 먼저 입을 연 건 구중천의 수장 중 가장 연배가 높은 선화문(仙花門) 문주 염화장(炎花掌) 적강(狄崗)이었다.

칠십이 넘은 나이가 무색할 만큼 그의 목소리와 기세는 좌중을 압도했다.

"하지만 장례가 끝난 지 불과 하루도 지나지 않은 시점입니다. 가장 중요한 일은 멀쩡하시던 맹주님의 사인입니다."

장내에 있는 이들 중 어린 쪽에 속하는 백리천호의 말이었지만, 무시할 인물은 없었다.

어디까지나 무림은 강한 자만이 특권을 누리는 세상. 백리세가의 가주인 그는 그럴 만한 자격이 있었다.

"지금 천검맹의 입장에서는 두 가지 일 모두가 중요하다는 걸 백리세가는 모르는 모양이오."

"일개 중소문파도 아닌 천검맹의 맹주께서 돌아가신 일입니다. 후계는 그 뒤에 논의를 해도 늦지 않은 일이라고 생각합니다만."

백리천호는 여유 있는 얼굴로 주변을 둘러봤다.

그리고 그의 시선이 상석에 앉아 있는 위지청에게서 멈췄다.

"그렇지 않습니까, 소맹주?"

"물론이죠. 아버지…… 아니, 맹주님의 죽음에 대해서는 강도 높은 수사를 진행할 생각입니다."

"그렇군요. 소맹주의 뜻이 저와 같을 줄 믿어 의심치 않았습니다."

위지청은 희미하게 웃으며 자리에서 일어섰다.

"하지만 맹주님은 폐관에 드셨고, 그분을 가장 가까운 위치에서 보필한 이들은 당연히 천령군 일군 무인들입니다. 여기 계신 분들 중에 천령군 일군을 무력으로 뚫고 지하 밀실에 계신 맹주님께 다가가실 수 있는 분들이 과연 몇 분이나 계실까요."

위지청의 말에 하나같이 고개를 끄덕인다. 그의 말의 의미는 그런 일이 불가능하다는 걸 뜻하고 있었다.

그 말은 곧 외부에서의 타살은 아니라는 소리였다.

실제로 시험해 본 이들은 없겠지만, 구중천의 수장들이 모두 힘을 합한다면 모를까 개인이 그곳까지 뚫고 간다는 건 불가능한 일이다.

"하면 천령군에서 맹주님을 암살할 가능성도 없지 않겠군요."

"글쎄요. 그런 일이야 없겠지만, 어쨌든 천령군에서 내부 조사를 시작했습니다. 하지만 맹주님의 죽음은 주화입마에 의한 것이라는 게 가장 신빙성이 높은 일이긴 하죠."

위지청은 확신에 찬 목소리로 말했다.

"아마도…… 그쪽이 훨씬 신빙성이 있긴 하오."

적강의 동조가 없었다고 하더라도 위지청의 말은 충분히 설득력이 있었다.

"맹주님은 당신께서 진정으로 원하는 무의 끝을 보기 전까지는 폐관에서 나오시지 않으시겠다고 하셨습니다. 작정을 하시고 들어가신 만큼 일정 시간이 지났음에도 진전이 없자 조급하셨던 거겠죠. 그러다 보니 무리를 하시게 되고, 주화입마로 인해…… 이게 제 생각입니다."

절정의 무인일수록 기혈이 한 번 뒤틀리면 걷잡을 수 없는 사태까지 치닫는다. 천검제 같은 초고수의 반열에 든 인물일수록 더더욱.

욕심을 먹은 이상 천검제의 주화입마는 자연스러운 일이었을 것이다.

그건 여기에 모인 이들이라면 모두가 공감할 수 있는 일이었다.

"그럼 맹주님의 죽음은 주화입마라는 말씀이시군요. 소맹주님의 뜻은."

제검문(帝劍門) 문주 백발검협(白髮劍俠) 북천휘(北天輝)의 말이었다.

적강 다음으로 나이가 많은 그였다. 게다가 과거 위지강과는 죽마고우였던 사이다.

그런 만큼 위지강이 주화입마에 죽음을 맞이했다는 설 받아들이기 힘든 사람이기도 했다.

조심성이 많고, 어떤 일이든 욕심보다는 단계를 밟아가는 위지강의 성격을 잘 알고 있었다.

하지만 자식인 위지청의 말을 무시할 수는 없었다. 혈육인 그가 거짓말을 늘어놓고 있다고는 생각할 수가 없는 일이다.

설사 그렇다고 하더라도 자신이 왈가왈부할 수는 없는 노릇이다.

"확실한 건 맹주님의 시신이 온전치 못했다는 겁니다. 온몸이 갈기갈기 찢겨져 있었습니다."

몸 안에서 기혈이 뒤틀리다 못해 육체가 폭발해 버린 것이다. 주화입마로 인해 죽음을 맞이하는 이들의 공통점이 바로 그것이다.

가장 먼저 맹주의 죽음을 확인한 건 천령군이고, 그다음은 소맹주이자 아들인 위지청이었다.

그런 그의 말인 만큼 대부분의 이들은 믿을 수밖에 없었다.

"그래서 오늘 이 자리에 모이신 분들 앞에서 한 가지 제의를 하고자 합니다."

이목을 집중시킨 뒤 위지청이 천천히 말문을 열었다.

"대외적으로 맹주님의 죽음을 천마교의 암살이었다는 것으로 발표하려고 합니다."

"……!"

순식간에 좌중의 인물들의 얼굴이 굳어졌다.

위지청을 제외한 나머지는 지금 그의 말을 단번에 이해할 수가 없었다.

하지만 얼마 지나지 않아 위지청이 노리고자 하는 게 무엇인지 깨달을 수 있었다.

"맹주님의 죽음을 그런 식으로 이용하려 드는 것이 진정 옳다고 보십니까?"

위지청과 백리천호의 눈이 부딪혔다.

"맹주님의 오랜 숙원이…… 천마교와 마도련의 몰살이었습니다. 그걸 모르지 않으신다면, 저의 의견을 따라 주시는 것 또한 맹주님을 위하는 길이라는 걸 알아주시면 좋겠군요."

"그걸 왜 소맹주님께서 결정을 내리는지 이해할 수가 없군요."

비도문(飛刀門) 문주 참마도(斬魔刀) 언철(言徹)이 약간은 흥분된 목소리로 말했다.

위지청은 여전히 얼굴 가득 미소와 여유를 품고 있었다.

"전 지금…… 여러분들의 의견을 묻고 있는 것입니다. 천마교와 마도련, 두 세력은 지난 세월 얼마만큼 커다란 변화와 힘을 키워 왔는지 알 수가 없는 일입니다. 조금만 더 여유를 주게 되면 언제 어디서 본 맹을 향한 적의를 드러낼지 예측이 불가능합니다. 평화는 여기까지. 어디까지나 이런 평화는 서로에게 좋을 일은 없지 않겠습니까?"

지난 백 년이라는 시간은 평화를 가장한 불안한 시기였다. 물론 천검맹이 자리를 잡고, 그 덩치가 커지며 천하를 내려다보는 위치에 올랐다.

하지만 그 긴 시간 동안 천마교의 뿌리를 완전히 제거하지 못한 것이 사실이다.

그 자체만으로도 천검맹으로서는 언제, 어디서 터질지 모르는 폭약 위를 걷는 심정이었다.

위지청의 말대로 위지강은 천마교는 물론 마도련을 몰살시키는 걸 숙원으로 삼고 있었다.

마도련을 공격한 것도 위지강이 한창 맹주로서 왕성한

활동을 하던 시절이었다.

'영악한 놈.'

백리천호의 입술이 뒤틀렸다.

분명 위지강의 죽음에 대해서 잘 알고 있는 백리천호였다. 게다가 그 사실 또한 위지청도 모르지 않았다.

그런 그가 위지강의 죽음을 조작하여 칼날을 천마교 쪽으로 돌리는 의중은 딱 한 가지다.

지난날 동생을 희생시켜 가며 위지세가의 무능함을 책망한 덕에 백리세가를 뒤따르는 세력이 점점 늘어났다.

기존에 자신의 가문과 돈독한 우정을 맺어 오던 이들을 비롯해 다른 세가와 문파들도 끌어들이는 데 성공했다.

분명 위지청도 그 사실을 알고 있었을 것이다.

위기감을 느낀 건 자명한 일.

이럴 때 내부의 흔들림을 굳건하게 할 수 있는 일은 시선을 밖으로 돌리는 것이다.

위지강은 이미 일 년 전부터 이 세상 사람이 아니었다. 그간 그 사실을 알면서도 위지청이 비밀을 유지해 왔던 건 어쩌면 이런 날을 위함인지 모른다.

위지강이 천마교에 의해 암살을 당했다고 하면 복수의 칼을 뽑아야 한다.

그 선봉은 아들이자 소맹주인 위지청이 아니면 할 사람이 없었다.

동시에 자신이 아니면 맹주 자리에 앉을 사람은 없다는 것도 사람들에게 심어 주려는 계획이 분명했다.

　심계가 보통이 아닌 줄은 알았지만, 생각보다 더욱 냉철하고 뛰어났다.

　위지청의 계획에 찬성한 이들은 과반수 이상이다. 위지청은 조만간 자신과 천검맹의 뜻을 세상에 공표할 것이다.

　그렇게 되면 천하는 다시금 전란에 휩싸일 것은 자명한 일.

　'빌어먹을.'

　백리천호는 주먹이 으스러져라 쥐었다.

　산서성(山西省) 태원(太原)에 자리를 잡고 있는 위지세가.

　반사영 일행은 그곳을 방문했다.

　"기똥차구먼."

　"제발 그만하시죠. 쪽팔려서 얼굴을 못 들겠으니."

　"내가 창피하냐?"

　"조금."

　"적당히 하는 것도 나쁘지 않겠구나."

　입을 쩍 벌리고 시골에서 갓 상경한 사람처럼 두리번거

리며 감탄사를 내뱉는 무태의 반응은 당연했다.

아마도 위지세가를 처음 방문한 자들이라면 무태와 비슷한 반응을 보일 것이다.

사실 다른 세 명도 놀라고 있기는 마찬가지였다. 지상낙원이라는 표현이 하나 부족함 없는 곳이 위지세가의 장원이었다.

크고 작은 전각만 수십 개.

인공 연못은 물론 보고 듣지도 못한 꽃과 나무들이 즐비했다.

가문의 시비들이 반사영 일행을 힐끔힐끔 쳐다봤다. 거지같은 몰골을 하고 있는 그들에게서 냄새라도 나는지 대놓고 코를 막는 이들도 있었다.

"여깁니다. 일단 가주께서 연락을 하시기 전까지는 이곳에서 쉬시면 됩니다."

반사영 일행을 안내하는 인물은 바로 엽표였다. 그리고 당분간 그들이 머물 전각은 위지세가 내에서도 가장 구석진 위치에 있었다.

"그리고 되도록 바깥으로 돌아다니시는 건 자제해 주시길 바랍니다."

"그러죠."

"그럼."

"저 자식 우리가 창피한 모양이다."

엽표가 사라지는 모습을 바라보던 무태가 한 말이다.

"우리라는 표현은 삼가 주시죠."

"뭐야? 우리라고 안 하면 뭐라고 하냐. 이제부터 우린 일심동체인데."

전각 안에는 씻을 수 있는 공간과 더불어 반사영 일행이 입을 새로운 옷도 준비되어 있었다.

깨끗하게 몸을 씻고 옷을 갈아입자, 시비들이 음식을 가져왔다. 식탁 위에 올라온 음식들은 대부분 쉽게 볼 수 없는 귀한 것투성이었다.

"왜? 더 안 먹어?"

얼마 먹지 못하고 젓가락을 놓는 단유하였다.

게걸스럽게 접시를 비우는 건 무태뿐이다.

천검제가 죽었다.

그가 누구인지, 그가 천검맹에서 정신적으로 얼마만큼의 영향력을 발휘하는지 모르는 사람은 없었다.

그런 천검제의 죽음이 불러올 폭풍이 얼마만큼 강렬할지는 미지수였지만, 결코 미약하지는 않을 것이다.

분명한 건 그 소용돌이 속에 조만간 자신들이 참여한다는 점이다.

알 수 없는 불안감 때문에 오랜만에 맛보는 음식들도 감흥을 주지 못했다.

"꺼흑."

불러 오른 배를 두들기던 무태는 생각보다 심각한 기운이 감돌자 절로 어깨를 움츠렸다.

물론 그도 천검제의 죽음을 가볍게 여기는 건 아니다. 어린 시절부터 칼 밥을 먹고 자랐으니까 말이다.

"맹주님의 죽음에 설마 천마교나 마도련이 개입해 있지는 않겠지?"

"천마교는 아닐 겁니다."

백리웅의 질문에 단유하가 고개를 저었다.

"그렇게 단정 짓기는 어려워요."

"하지만 천마교는 이미 백 년 전에 사라졌잖아."

물론 수많은 사람들이 그렇게 알고 있다는 위지청의 말을 듣지 않았다면 반사영도 그렇게 생각했을 것이다.

하지만 어디까지나 가능성을 열어 둬야만 했다.

"무태 형님."

"왜 그러냐."

"용호방주께서도 마도련과의 전투에 참여를 하셨나요?"

"응. 그런데 갑자기 그건 왜."

반사영이 알기로는, 이십 년 전에 천검맹이 마도련과의 전쟁에서 전체 중 절반의 전력을 잃었다고 한다.

하지만 직접 마도련이라는 집단에 대해서 전해 들은 것은 책을 통해서가 전부였다.

그리고 살아온 시간에 비해 무림이라는 곳의 경험이 없는 반사영에 비해 무태와 백리웅, 단유하는 간접적으로나마 당시 이야기들을 들어왔을 것이다.

"자기 말로는 겁나게 피 튀기는 전투였다고 하지."

"무려 이 년 동안이나 끝나지 않았으니까."

천검맹과 마도련의 전투는 호사가들에게 여전히 훌륭한 소재 거리였다.

"당시 천검맹이 아닌 다른 문파에서도 전투에 참여할 수 있게끔 백건영웅대라는 조직을 따로 만들었는데, 사부는 거기에 속해 전투의 참여했다지."

"용호방 자체적으로 조직을 만들 수도 있지 않았나요?"

"낭인들은 돈을 주지 않으면 그런 위험한 일에 끼려고 들 하지 않아. 낭인들의 세계에서는 그게 맞는 거니까. 사부가 좀 돌연변이긴 했지."

"그래서요?"

"뭐, 제법 능력이 됐던지 단번에 백건영웅대 부대주라는 자리를 꿰차서 진두지휘했다더라고."

"그때 대주는 누구였는데요?"

"몰라. 사부도 모른데. 어디서 나타났는지 모르던 사람인데 무공만큼은 기가 막혔대."

"그럴 수가 있나?"

"우리가 알고 있는 어떤 놈도 그런 경우지."

무태가 반사영을 힐끔거리자, 백리옹과 단유하가 알겠다는 듯 고개를 끄덕인다.

강한 무공에 비해 반사영의 사문이 어딘지, 사부가 누구인지 몰랐기 때문이다.

"어쨌든 그 작자의 능력이 뛰어났는지, 백건영웅대의 호흡이 잘 맞았는지 마도련과의 전투에서 혁혁한 공을 세웠다더라고."

"그럼 그 대주였다는 사람은 차후에 뭔가 보상을 받았겠네요?"

"아니."

"네?"

"감쪽같이 사라졌대."

"그게 말이 됩니까?"

"낸들 아냐. 사부가 그렇게밖에 말 안 해 줬는데. 아, 그 대주였다는 자의 손에 마도련 핵심 조직이던 야월당(夜月堂) 당주의 목이 베어졌다더라."

용호방주가 제자를 두고 거짓말을 할 리가 없을 테니 사실일 것이다.

하지만 그런 자가 갑자기 사라진 건 쉽게 이해가 되지 않았다.

그만한 실력자라면 지금쯤이면 천검맹 내부에서도 요직에 몸담고 있을 것인데 말이다.

"중요한 건 천검맹이 승리했다는 거지만 희생이 많이 따랐고, 그렇다고 완전히 마도련을 몰살시킬 수 없었지. 한마디로 찜찜한 승리였던 셈이지. 내가 아는 건 그게 다야."

"그런데 왜 끝까지 밀어붙이지 않았던 거예요?"

"언제라도 다시금 칼을 들이밀지 모르는 천마교 때문이지."

백리웅은 천마교의 무리가 아직도 남아 있는 것이라고 믿고 있는 모양이었다.

"제가 아는 비사에 혈해도에서 살아남은 천마교의 사람이 있다고 들었어요."

혈해도에서 읽었던 책들 중 그런 이야기가 있었다. 물론 신빙성이 있다고는 할 수 없었다.

"그게 누군데."

"무영신군(無影神君)이라고 적혀 있었어요. 그 혼자 살아남았다고 하더라구요."

"뭐, 그렇다고 하더라도 천검맹이 조심할 세력은 천마교보다는 마도련이지."

"그나마 형태를 유지하고 있는 것도 마도련이니까."

하지만 반사영은 왠지 모르게 천마교가 어디에선가 다시금 복수의 칼날을 준비하고 있지 않을까, 라는 생각이 들었다.

반사영 일행이 위지세가에 머문 지 사흘이 지났다. 혈해도에서 생활하던 거에 비해 차원이 다른 대접을 받고는 있었지만, 답답한 건 거기나 이곳이나 마찬가지였다.

어딜 쉽게 돌아다니지 못했다. 특히나 위지세가 밖으로는 절대로 나갈 수가 없었다.

전각 주변에서 흑사대가 눈에 불을 키고 반사영 일행을 지키고 있었기 때문이다.

무태가 여러 번 탈출을 시도를 해 봤지만 얼마 못 가 잡혀 들어왔다.

"또 나가게요?"

"이번에는 혼자가 아니다."

외출 준비를 하던 무태가 단유하를 보며 눈짓했다.

"나도 간다."

"하! 아니 대체 나가서 뭘 하려고 그러는데요."

"어린놈은 몰라도 된다. 거사를 치르는 먼 길을 떠난다는 것만 알아 둬라."

반사영은 더 이상 말리지 않았다.

어차피 흑사대의 손에 붙잡혀 되돌아올 것이 뻔했으니까 말이다.

반사영의 예측대로 얼마 지나지 않아 두 사람은 잡혀 들어왔다.

"백…… 백염공."

실내로 들어선 이는 무태와 백리웅의 멱살을 잡고 있는 백염공 아룡이었다.

"때깔들 좋아졌다."

13장.
첫 임무

"어딜 그렇게 구경하다가 오셨습니까?"

"오랜만에 바깥 구경을 좀 했다."

"우리는 이렇게 감금시켜 놓고 말입니까?"

삐딱한 반사영의 말에도 아룡은 웃기만 했다.

"끌끌. 우리가 무슨 사인데, 내가 너희를 신경 써야 하
는지 모르겠구나."

"스승님이 아니십니까. 저희들의."

무태가 애교 섞인 목소리로 말을 했지만, 반응은 안 하
느니만 못했다.

아룡의 얼굴이 심각하게 굳어졌기 때문이다. 꼭 무태의
행동 때문인지는 모를 일이다.

"알고 있겠지만 천검제가 죽었다."

"……."

"조만간 천검맹에서는 천검제의 죽음에 천마교가 개입되어 있음을 공표한다더구나."

"천마교!"

"그게 정말입니까?"

"맙소사."

정말로 천마교가 아직도 세상에 뿌리를 내리고 있었다는 사실만으로도 충격을 받는 게 당연한 일이다.

"저희는…… 뭘 하면 되나요."

"아직 미완성의 너희들이지만, 상황이 상황인 만큼 본격적인 살야단의 임무를 맡을 거다."

실내는 긴장된 분위기가 감돌았다.

"오랜 시간 전부터 위지세가는 천마교의 뿌리를 뒤쫓아왔지. 대를 이어 오면서 그것은 어쩌면 숙명과도 같은 것이었다. 위지세가의 가주가 되면 자연스럽게 그런 임무를 맡게 되는 셈이지. 지금의 위지청도 마찬가지다. 하지만 천마교의 후예들은 너무나 은밀하게 움직이고 있어서 제대로 잡아내는 데 늘 어려움이 많았다. 해서 위지청은 살야단이라는 조직을 만든 것이고, 행운이라고 해야 할지, 불행이라고 해야 할지 너희들이 그 살야단의 첫 번째 조직원이 된 셈이다."

"이곳 위지세가의 본가에도 능력이 뛰어난 이들이 많지 않나요. 굳이 저희를 택한 이유는요?"

"진짜 이유는 위지청 본인만이 알고 있겠지. 물론 가장 강하고 일처리가 뛰어난 흑사대가 있긴 하지만, 그들 또한 이미 전력이 상당수 노출된 바가 있고, 가장 중요한 건 위지청이 그걸 원하지 않는다는 것이다."

"왜죠?"

"흑사대가 움직일 경우 그들의 무공을 발휘한 흔적이 남는다는 이유겠지."

반사영의 눈빛이 차가워졌다.

"은밀한 것을 원한다?"

"뭐, 그런 셈이다."

"이해가 쉽게 가지 않는 일인데요. 맹주님이 돌아가셨고, 거기에는 천마교가 개입되었다는 사실을 천하에 알린 판국에 은밀하게 움직일 필요가 있을까요."

"사영의 말에 일리가 있습니다."

조용히 대화를 듣던 백리웅이 동조했다.

비공식적인 상황이라면 이해를 할 수 있었겠지만, 지금과 같은 시기라면 의아해할 수밖에 없는 노릇이었다.

살야단의 임무가 목숨을 걸 만큼 위험한 일이니, 최소한 납득은 한 상태에서 임무를 수행해야만 한다.

그래야 나중에 죽어도 덜 억울할 것 같기 때문이다.

"그건 나도 알 길이 없다. 나라고 위지청 그놈의 속내가 궁금하지 않을 리가 없지 않겠냐."

돌아온 건 맥이 쭉 빠지는 대답이었다.

더 이상 알려고 해 봤자, 아룡이 입을 다물면 알 길이 없는 셈이다. 그가 거짓말을 하고 있을 거라고 생각은 하지 않았지만, 어쨌든 지금으로서는 대답을 듣기란 불가능했다.

아룡은 얇은 책자 하나를 던졌다.

"거기에 있는 자들을 하나하나씩 처리하면 된다. 그게 첫 임무다."

"죽이기만…… 하면 됩니까?"

"죽이기 전에 그들에게서 얻을 수 있는 한 최대한의 정보를 얻어."

"어떤 정보요?"

"천마교에 대한 정보."

아룡은 책자 하나를 주고 사라졌다.

그날 밤 반사영은 전각 지붕 위로 올라섰다.

달이 밝았다.

천검제가 죽었다. 그건 사실 반사영에게 별다른 느낌을 주지 못하는 사건이었다.

하지만 그의 죽음이 혹시나 아버지의 신분을 알아내는

데 방해가 되지 않을까, 하는 걱정이 됐다.

위지청은 천령군 군장만이 아버지가 천령군 소속이었는지 알 것이라고 했다. 오직 아버지의 신분을 알아내기 위해서 살야단이라는 곳에 몸을 담은 것이다.

일단 위지청을 만나 봐야 알겠지만, 지금으로서는 답답한 마음이 풀리지가 않는다. 정말로 아버지는 천령군 소속이었을까. 그건 전적으로 반사영 자신의 추측일 뿐이었다.

지금에 와서 이런 생각을 하는 것도 우스운 일이지만, 만약 그렇지 않다면 어찌해야 하는 걸까.

"빨리 와서 잠이나 자라! 궁상떨고 있지 말고!"

무태의 고함 소리에 반사영은 피식 웃으며 안으로 들어섰다.

반사영 일행은 엽표의 도움으로 위지세가를 떠나 새로운 둥지를 텄다.

도시 외곽에 위치하고 있는 장원이었다. 그 크기는 크지 않았지만, 뒤로는 야산이 존재했고, 주변으로는 어떤 인가나 건물이 없는 것이 특징이었다.

"파풍창(破風槍) 서운지(徐雲芝). 비도문주 언철의 사위. 이 책자의 가장 윗줄에 적혀 있는 인물이에요."

"흠…… 처음부터 너무 거물인데."

"하지만 이자는 약한 편에 속해요."

무태와 단유하가 이곳으로 온 뒤 이틀 정도 암살할 인
물에 대해 조사를 해 왔다.

"파풍창 서운지라……."

백리웅이 심각한 얼굴로 중얼거렸다.

"들어 본 적 있어요?"

반사영의 질문에 그는 고개를 주억거렸다.

"개차반으로 유명하더라고."

대답은 단유하에게서 들려왔다.

"술, 도박, 살인, 아녀자들 겁탈을 일삼는 놈이라더
라."

"비도문주 사위라고 하지 않았나요?"

"사위 맞지. 하지만 언철도 그 녀석에게 함부로 대하지
는 못해."

"왜요?"

"서운지의 부친이 서원룡(徐元龍)이기 때문이지."

"서원룡?"

"월궁루의 실질적인 주인은 백리천호지만, 그에게 자금
을 댄 인물이 있는데 그게 바로 서원룡이야."

무태가 백리웅의 눈치를 한 번 살폈다.

백리웅은 애써 아무렇지 않은 얼굴을 유지했다.

"서원룡과 그의 아들 서운지가 천마교와 연관이 있는 자라면…… 백리천호도 의심해볼 필요가 있겠군요."

무태나 단유하와는 달리 반사영은 백리웅의 눈치 따위는 살피지 않았다. 이제부터는 목숨을 거는 일을 해야만 한다.

과거의 인연으로 인해 뭔가를 망설이는 일 같은 건 있을 수가 없는 일이다.

"그들을 죽이는 것도 중요한 일이지만, 천마교와 어떤 관계가 있는지에 대한 게 지금으로서는 더 필요해요."

"그럼 일단 납치?"

"자신 있어요, 무태 형님?"

"내가 한다는 말은 하지 않았다."

"이렇게 하죠."

"어떻게?"

"비밀을 알고 있을 것 같은 놈은 살리고. 별반 쓸모가 없는 개망나니는 죽이고."

"그 개망나니는 내가 맡으마."

"맞아요. 그건 웅이 형님이 맡을 수밖에 없어요. 최대한 고통스럽게 죽는 걸로 써 줘요."

"그러마."

"무태 형님."

"응?"

"비건을 좀 만나야겠어요. 은밀하게."

"알겠다."

"자, 개망나니는 사흘 뒤 저녁이면 죽는 걸로 하고. 그 다음으로는 그의 아비인 서원룡을 유인할 거예요."

"그다음은?"

"글쎄요. 그건 그때 가서 생각해 보도록 하죠. 유하 형님이 웅이 형님을 돕고, 무태 형님은 저와 비건을 만나러 갑시다."

"이 쥐새끼 같은 놈이 어딜 간 거야."

낙양으로 온 반사영과 무태는 비건을 찾아 헤맸다.

그가 있을 법한 뒷골목을 아무리 뒤져 봐도 비건은 보이지가 않았다.

"대놓고 하오문 소속 비건을 아냐고 물어볼 수도 없고. 빌어먹을."

"좋은 생각이에요."

"뭐라고?"

"하오문은 하류 인생을 살아가는 이들이 만든 집단. 그런 자들이 활동하기 편한 시간은 밤이겠죠?"

반사영과 무태는 중심가에 위치한 숙소에 방을 잡고, 밤이 올 때까지 기다렸다.

"그런데 이 인피면구라는 거 더럽게 답답하네."

"어쩔 수 없죠. 혹시라도 우리를 아는 사람을 만나면 큰일이니까."

이들은 인피면구를 사용해 전혀 다른 사람의 얼굴을 하고 있었다. 반사영은 없던 수염을 붙이고, 눈이 쫙 찢어진 약간 얍삽한 중년인의 얼굴이었다.

반면 무태는 본연의 얼굴보다 조금은 어리고 순둥이처럼 보이는 샌님같이 바꿔 놓았다.

혈해도로 가기 전에 백리연을 납치, 살인을 한 누명을 썼기 때문에 이런 방법을 택할 수밖에 없는 노릇이었다.

두 사람은 창가에 걸터앉아 목표물이 나타나기까지 기다렸다.

"저놈이다."

좁은 길목으로 수많은 사람들이 오고 가고 있었다. 어느 중년 취객의 뒤로 천천히 다가가는 청년이 무태의 눈에 들어왔다.

그리고 빠르게 중년인의 전낭을 낚아채는 손놀림이 예사롭지 않았다.

"갑시다."

두 사람이 동시에 몸을 날렸다.

두둑한 전낭을 챙긴 청년은 인적이 드문 골목길로 접어들었다. 혹시라도 주인이 전낭을 잃어버린 걸 알기라도 하면 골치 아파지기 때문에 빠른 걸음으로 주변을 벗어나려고 했다.

하지만 어두컴컴한 골목 한가운데를 곰처럼 커다란 사내가 가로막고 있었다.

"뭐…… 뭐야 당신."

"당신?"

무태가 천천히 다가오자, 청년은 그 기세에 눌려 말조차 할 수가 없었다.

"지금부터 내가 묻는 말에 솔직하게 답한다."

"아…… 아아…… ."

"답한다. 알았지?"

청년은 대답 대신 몸을 돌려 왔던 길로 뛰어가기 시작했다. 이런 인간들이 대개 물어보는 질문은 위험하다는 걸 알기 때문이다.

"커헉!"

하지만 무태의 신형이 순식간에 청년을 앞지르더니 그의 목덜미를 움켜잡았다.

"딱 한 번만 묻는다. 비건이라고 알지. 하오문 소속. 그놈 지금 어디 있는지 말해."

청년은 숨 막히는 고통에 공중에 떠오른 발을 굴리는 것 말고는 할 수 있는 것이 없었다.

"손을 놔야 말을 하겠죠."

"아, 그렇지."

담벼락 위에서 지켜보던 반사영의 말에 무태는 청년을 바닥으로 내팽개쳤다.

"모, 몰라요. 비건이라는 이름은, 정말이에요."

공포로 물든 청년은 고개를 세차게 가로저었다.

"이 아저씨 굉장히 무식한 사람이야. 그냥 말해. 성질도 더러우니까."

무태는 일부러 험상궂게 얼굴을 찌푸렸다.

"비건…… 어디 있냐."

청년은 반사영과 무태를 번갈아 보더니 뭔가를 고민하는 눈치였다.

―걱정하지 마라. 비건을 해치려 온 게 아니니까. 난 용호방 출신이다.

용호방 출신이라는 무태의 전음에 청년의 눈빛이 흔들렸다.

쥐새끼를 잡으려다가 덫에 걸렸다.

바로 무태가 그 당사자였다.

"누……구신지."

애써 못 알아보는 척 연기를 해 봤지만 똥, 오줌 가리기 전부터 무태를 키워 온 용호방주를 속일 수는 없었다.

빡!

"사부를 봤으면 인사부터 해라. 네놈이 그깟 인피면구 하나 뒤집어썼다고 내가 못 알아볼 것 같으냐."

용호방 방주의 주먹이 무태의 머리를 쥐어박았다.

그 옆에 있던 반사영의 어깨가 움찔거릴 정도로 세게 얻어맞았다.

반사영은 무태만큼이나 커다란 덩치를 자랑하는 노인을 바라봤다.

태산도 무너트릴 기운을 가진 사내.

낭인왕(狼人王) 비유랑(蜚流狼)이 눈앞에 있었다.

"크크큭."

비유랑의 옆에서 비건이 뭐가 재밌는지 킬킬거리고 있었다.

반사영은 그제야 같은 성을 지닌 비유랑과 비건의 사이가 혈연관계임을 눈치챘다.

"쉽게 죽을 놈이 아니라는 건 알고 있었던 일이고, 대체 어딜 갔다 온 것이냐."

"절 유인한 겁니까?"

"뭐, 비슷하다."

반사영과 무태가 눈을 동그랗게 뜨고 서로를 바라봤다.

변장까지 하고 은밀하게 움직였다. 위지청이라고 할지라도 자신들이 낙양으로 왔다는 걸 모를 것이라 확신했던 두 사람이다.

"네놈과 비슷하게 생긴 작자를 강서성에서 봤다는 소식을 접했다. 이 녀석을 찾아올 줄 알았지. 누군가가 비건을 찾아오면 내가 있는 곳으로 안내하라고 일러 뒀던 거지."

비유랑아 그제야 무태와 함께 온 반사영에게로 시선을 돌렸다.

"아, 처음 뵙겠습니다. 반사영이라고 합니다."

"반갑네. 낭인왕일세."

"명성은 익히 들어서 알고 있습니다."

"흐흐. 무태랑 어울리는 친구 중에도 이렇게 멀쩡하게 생긴 사람이 있다는 게 믿기지 않구려."

"말씀 편히 하십시오."

"흠, 흠. 그럴까?"

말투는 점잖고 거칠지 않았지만, 비유랑의 눈초리는 반사영의 구석구석을 헤집고 다녔다.

'어린 나이에 대단하군.'

겉으로 봐서는 평범하지만 산전수전 다 겪은 비유랑은 반사영이 결코 만만한 수준이 아님을 알 수 있었다.

"제가 언제 찾아올 줄 알고 낙양에 계셨던 겁니까."

"오늘일 줄은 몰랐다. 원래 수시로 낙양을 오고 가던 중에 이렇게 네놈을 만나게 됐구나."

"낙양을 오고 가요? 왜요?"

비유랑과 비건이 뭔가 중요한 이야기를 하려고 하는지

말문을 쉽게 열지 못했다.

아무래도 반사영 때문일 것이다.

"괜찮아요. 이 친구는 믿을 수 있으니까."

"뭐, 상관은 없겠죠."

"넌 오랜만에 형을 봤는데 인사도 안 하냐."

"지금 그게 중요한 게 아니니까."

"계속해 봐."

"형님도 모르고, 이 세상에서 할아버지와 나만 알고 있는 게 있어요."

"……."

"용호방의 방주 낭인왕의 손자가 하오문 문주라는 사실 말이죠."

"……!"

"원래 형님이 할아버지의 뜻을 따라 용호방주 자리에 앉았다면 더 일찍 알았을 거예요."

"썩을 놈 같으니."

"네가…… 하오문 문주?"

"뭐, 그렇게 됐네요."

"아…… 하하하! 지금 이놈이 뭐라고 하는 거냐, 사영. 응?"

실성한 사람처럼 무태는 웃기만 했다. 무태도 놀란 마당에 반사영이라고 멀쩡할 리가 없었다.

꽤나 놀랄 만한 사실이었다.

"믿기 싫어도 어쩔 수 없어요."

"대체 네놈은 실종된 이후로 어딜 다녀온 것이야."

"아…… 그럴 일이 있었어요. 지금은 말씀드릴 수가 없지만. 그나저나 언제부터 하오문과 용호방이 같은 식구였던 거예요?"

"글쎄다. 아주 오랜 시간 전부터라고 알 뿐이지 나도 잘 모른다."

"거참, 잘됐네요. 건이 네가 좀 알아봐 줄 일이 있다."

"하. 또 공짜로?"

무태가 품속에서 전낭을 꺼내 비건의 앞으로 던져 놓았다.

조금 전 비건의 위치를 알려 준 청년에게서 빼앗은 것이다.

"쩝. 뭔데요."

"서원룡이라는 자에 대해 알아봐. 백리천호에게 자금을 대 주는."

"서원룡?"

"그래. 하루 준다."

"하. 이건 뭐, 이름 하나 달랑 던져 주는 것치고 더럽게 빠듯하네."

"너 대체 뭐하고 다니는 거냐."

비유랑이 짐짓 진지한 얼굴로 물었지만, 무태는 이미
자리에서 일어섰다.

"비밀입니다. 혹시라도 내 뒷조사를 하려거든 하세요."

"크흠."

"그럼 만수무강하십시오. 가자, 사영."

무태가 반사영을 잡아끌고 급히 자리를 비웠다.

"쯥…… 건아."

"왜요."

"저 녀석 뒷조사 좀 해라. 뭔 일을 하고 다니는지."

"싫습니다."

"왜, 나도 정보비를 내야 하는 거냐."

"이제 그만 포기하시죠. 무태 형님은 할아버지의 뒤를
이을 생각 같은 건 없는 거 같으니."

"어쨌든 알아봐라."

"그러죠, 뭐."

반사영과 무태는 다시 숙소로 돌아왔다.

"놀라운데요."

"뭐가 말이냐."

"하오문주가 낭인왕의 손자라는 사실 말이에요."

"별로."

무태는 시큰둥하게 말하더니 침상에 누웠다.

"가볍게 여길 일이 아니란 말입니다, 아저씨."

"그래 봤자다. 비건 그놈이 하오문주건 아니건 나랑은 상관없는 일."

"뭐, 어쨌든 서원룡에 대해서 알아보기에는 수월해진 셈이네요."

"근데 서원룡에 대해 뭘 알아내려고 그러냐. 그자가 천마교 교인이라고 생각하는 거야?"

"아마도?"

"이것 참, 그러면 백리천호도?"

"최대한 가능성을 열어 둬야겠죠."

"웅이 형님이 참 힘들어지겠다. 자기 가문이 천마교라는 사실이 알려지면 말이다."

"아직 확실한 건 아무것도 없어요. 어차피 우리는 소맹주의 명령을 따르는 사람들이니까."

무태는 한동안 말이 없었다.

"사영."

"왜요."

"그자…… 믿어도 될까."

"위지청이요?"

"그래."

"지금으로서는 믿어 보는 수밖에요."

"우리가 살야단이 되고 싶어서 된 것도 아니고, 평생을 이렇게 남 뒤치다꺼리나 하며 살아야 한다고 생각하니 돌아 버리겠다."

무태답지 않게 꽤나 진지한 말투였다.

반사영만큼이나 세 사람도 불안하기는 마찬가지일 것이다.

"혹시라도 위지청이 우리를 이용만 하다가 버린다면…… 넌 어쩔 거냐."

"후훗. 생각해 본 적 없는데요."

"거짓말 마라. 내가 아는 넌 이미 거기까지 생각해 뒀을걸."

반사영은 피식 웃었다. 평소에는 조금 모자란 사람처럼 행동해도 이럴 때 보면 정말 어른 같았다.

"그러지 않기를 빌어야겠지만, 혹시라도 말이죠?"

"그래. 혹시라도 말이다."

반사영은 한참이 지나서 입을 열었다.

"그땐 모든 힘을 다해 부숴 버려야죠."

"크크큭. 역시. 마음에 들어."

'그럴 일이 없길 빕니다.'

그날 밤 백리웅과 단유하는 작전을 실행으로 옮겼다.

"어, 어서 비도문에 알려라. 서운지가 죽었다!"

조금 전까지만 해도 거나하게 술판을 벌이던 수십 명의

남녀가 입에서 피를 뿜어 댄 채 싸늘한 주검으로 발견됐다.

그중에는 비도문주의 사위가 포함되어 있었다. 얼마 뒤 비도문주 언철이 직접 문도들을 이끌고 그곳을 방문했다.

"대체 누가 이런 짓을 저질렀단 말이냐."

"문주님, 독살입니다."

시체들의 입술은 퍼렇게 물들어 있었다. 누군가가 이들의 음식에 독을 푼 것이다.

으드득.

언철은 분노로 몸을 부르르 떨었다.

하나뿐인 사위가 죽어서가 아니다. 이 망나니 같은 자식의 죽음으로 비도문이 치러야 할 대가가 얼마나 막대할지 눈에 훤하기 때문이다.

"찾아라. 당장 이런 일을 저지른 놈들을 찾으란 말이다!"

"존명."

비도문 문도들이 명을 받고 사라졌음에도 언철의 분노는 가라앉지 못했다. 이만한 짓을 저지른 놈들을 쉽게 찾을 수는 없을 것이다.

"백리천호에게 뭐라고 한단 말이냐…… 아니, 서원룡 그자가 비도문을 가만 두지 않을 터……."

❖　❖　❖

　약속 시간보다 좀 더 일찍 비건이 반사영과 무태를 찾
아왔다.

　"생각보다 빨리 왔네."

　"뭐, 좀 서둘렀죠."

　둥근 탁자를 두고 반사영과 무태, 비건이 자리를 잡고
앉았다.

　"서원룡이란 인물은 상인이에요."

　"그건 뭐 대충이나마 알고 있었어요. 막대한 돈을 갖고
있다면 충분히 예상할 수 있는 일이죠."

　"일개 상인이 아니에요. 월궁루를 지을 수 있을 만큼의
자금을 백리천호에게 준 걸 보면 엄청난 거부죠. 지금의
월궁루는 낙양뿐만이 아니라 각 지역으로 뻗어 나가고 있
어요. 그뿐만이 아니라, 서원룡은 몇 년 동안 여기저기 크
고 작은 상단과 표국을 자기 것으로 만들어 가고 있어요.
그만한 자금력을 지닌 사람은 천하에서도 세 명이 넘지
않을 거예요."

　어느 정도는 예상했던 정보였다.

　그만한 재력가이니 서원룡의 아들이 비도문의 사위로
들어갈 수 있었던 것이고, 보란 듯이 망나니짓을 하고 다
닐 수 있었을 것이다.

자신의 아버지를 믿고 말이다.

"그런데 이런 거부가 어느 순간에 짠, 하고 나타났다는 겁니다."

"충분히 이상한 일이네."

"맞아. 최소한 이만한 자금을 얻으려면 얼마나 걸릴 것 같아?"

"뭐…… 한 오십 년?"

"아니. 백년은 넘어야 가능해."

"아주아주 오랜 세월 자금을 축적해 왔다는 이야기군요."

"맞아요. 대개 무림 집단의 우두머리가 갖는 야망이 천하통일이라면, 상인들 또한 천하의 상권을 움켜쥐고 싶어 하는 야망을 품고 있다고 해도 과언이 아니죠. 서원룡 정도 되는 거부라면 당연히 그런 생각을 품고 있을 테죠."

"하지만 그런 꿈을 실현시켜 주기 위해 백리천호라는 인물에게 투자를 한다는 건 도박이나 마찬가지겠죠."

비건은 빙그레 웃었다. 반사영이라는 사내는 눈치가 빠르다. 자신의 짤막한 이야기에도 핵심을 짚어 내는 능력이 탁월하다.

"그게 정말 이상한 일이에요. 백리천호가 구중천의 수장들 중 가장 야심이 많은 인물이라는 건 많이 알고 있지만, 사실 현실 불가능한 일이거든요. 위지세가가 천검맹의 맹주 자리를 지금까지 이어 올 수 있었던 건 단지 운이나 상징성 때문은 아니에요. 누구라도 할 것 없이 위지세가의 혈통에 대한 다른 가주들과 문주들의 생각이 변하지 않기 때문이죠."

반사영은 점점 확신이 들었다.

분명 백리천호가 천마교와 연관이 있다는 것을 말이다. 물론 그가 단지 자신의 가문에서 맹주가 탄생하길 바라는 인물일 수도 있다.

단순히 반란을 일으키기 위해 자금을 모으고, 힘을 키우고 있는 중일 가능성도 충분했다.

하지만 무림 밥을 먹은 지 얼마 되지 않는 반사영에게도 불가능할 것처럼 보이는 그런 일을 백리천호가 품었을까.

혈혈단신 백리세가의 힘만으로?

아니다. 그렇게 무지한 자가 백리세가의 가주로 앉아 있을 리가 없다.

반사영은 어느 정도 윤곽을 잡아가고 있었다.

분명 위지청도 이런 걸 사전에 알고 있었을 것이다. 그렇기에 자신들에게 서운지를 암살하라는 명령을 내린 것일 테고.

자세한 건 서원룡을 직접 만나면 알게 될 일이다.

"제가 알아본 건 이게 다예요."

"어때?"

"많은 도움이 됐습니다."

무태가 비건을 배웅했다.

"할아버지가 형의 뒤를 좀 알아보라던데."

"거, 나중에 다 말해 준다니까."

"대체 뭔 일을 하는 건데. 지난번 일 때문에 그런 요상한 걸 쓰고 다니는 건 알겠는데. 혹시 천검맹에서 비밀 임무 같은 걸 시킨 거야?"

"쓰읍! 그만 가 봐. 그리고 내 뒷조사를 했다가는 알지?"

"난 형보다 할아버지가 더 무섭거든?"

무태는 비건의 등 뒤를 보며 하루 빨리 여기를 벗어나야겠다는 생각을 했다.

숙소로 돌아오자, 반사영이 떠날 채비를 하고 있었다.

"썩을. 제대로 쉬지도 못하고 떠나다니."

"시간이 없어요."

"그래, 어련하시겠어."

반사영과 무태가 은신처로 돌아왔을 때, 이미 백리웅과 단유하가 먼저 와 기다리고 있었다.

"수고했어요."

"그런 놈은 백 번 죽어도 싸지."

단유하는 어깨를 으쓱거렸다.

"최대한 고통스럽게 죽었지만, 그런 인간에게는 너무나 평온한 죽음을 준 게 화가 난다."

"어쩔 수가 없는 일이죠. 시간이 없으니."

"아주 노는 꼴이 가관이더라."

"크흠."

"왜 너도 그렇게 놀고 싶어 몸이 근질근질하냐?"

"어허! 나를 뭐로 보고 그런 소리를 지껄이는 거냐."

만나자마자 두 사람이 투닥거리는 말을 들으며 반사영 일행은 안으로 들어섰다.

"사태를 좀 지켜보다가 왔는데, 서운지가 죽자마자 비도문주 언철이 직접 나타나 정리를 하고, 문도들을 풀어 범인을 잡기 위해 여기저기를 들쑤시고 다니더라고."

"서운지의 죽음보다 그가 죽음으로서 비도문에 닥쳐올 책임이 무서웠을 테죠."

"그렇겠지. 첫 임무였던 서운지의 암살은 끝났는데, 굳이 서원룡까지 유인할 필요가 있을까."

백리웅은 걱정스러운 마음이 들었다. 아무래도 지금 상태에서 다음 임무를 진행하는 것이 더 안전하기 때문이다.

일부러 위험을 무릅쓸 필요는 없었다.

"걱정하지 마세요. 어디까지나 우리가 서원룡에게 잡힐 일은 없을 테니까."

❖ ❖ ❖

이름 모를 야산.

그 입구에 화려한 육두마차가 모습을 드러냈다.

마차에서 내린 중년인의 의복은 화려함 그 자체였다.

온갖 장신구들이 치렁치렁 매달려 있었다.

도저히 산을 오르려는 인물로는 보이지 않았다.

"정말 괜찮으시겠습니까."

마차 주변을 호위하는 무사들을 통솔하는 무인이 조심스럽게 물었다.

"걱정할 거 없다. 백리천호가 보낸 자들은 언제쯤 도착한다더냐."

"오늘 밤이면 도착할 듯싶습니다."

"그전에 끝나겠지만, 그들이 도착하면 함께 산을 올라와라."

"알겠습니다."

육중한 몸을 이끌고 중년인, 서원룡이 산을 오르기 시작했다.

"감히…… 감히!"

그는 조금 전까지 침착하던 서원룡의 몸에서 지독한 살기가 흘러나왔다. 스스로도 분을 이기지 못했다.

아들이 죽었다.

그것도 독살이다.

그런 짓을 저지른 놈을 찾아 헤맸다. 하지만 간이 배 밖으로 튀어나온 놈들인지 직접 연락을 해 왔다.

"갈기갈기 찢어 죽여 주마."

상인이기 전에 서원룡은 무인이다.

알려진 바는 없지만 절정고수의 반열이었다. 그 누구라도 쉽게 어쩌지 못하는 인물이라는 것을 아들을 죽인 놈들에게 직접 보여 줄 셈이었다.

산의 중턱쯤 올라갔을 적에 서원룡은 자신을 감시하는 이가 있다는 걸 느꼈다.

"흐흐흐. 쥐새끼처럼 숨어서 미행하지 말고 나오너라."

"어라? 들켰네?"

무태는 일부러 들킨 사람처럼 태연하게 모습을 드러냈다.

"네놈이냐. 내 아들을 죽인 놈이."

"정확하게 말하자면 난 아니고. 내가 아는 형님이지."

"흐흐흐."

서원룡의 두 주먹이 퍼렇게 물들기 시작했다.

"눈앞에 나타난 걸 후회하게 만들어 주마."

"거참, 성격이 급하시네. 아니면 그 개망나니 같던 것도 아들이라고 죽어 버리니 눈에 뵈는 게 없어졌나?"

무태의 말은 서원룡에게 그나마 놓지 않고 있던 이성의

끈을 놓게 만들었다.

"으아아악!"

콰콰쾅!

퍼렇게 물든 서원룡의 주먹과 무태의 주먹이 허공에서
수십 번 부딪혔다.

팔황권, 파천황(破天荒)!

광포한 기운을 담은 무태의 주먹이 서원룡의 온몸을 난
타했다.

쾅!

엄청난 힘에 서원룡의 몸이 삼 장을 날아가 나뒹굴었
다.

"어라? 겨우 그 정도 실력으로 혼자서 나타난 건가?"

무태는 억지로 거칠어진 호흡을 드러내지 않기 위해 애
를 썼다. 팔황권을 익히지 않고, 지난 시절 자신이었다면
바닥에 누워 버린 건 자신이었을 것이다.

서원룡은 일개 상인이 아니었다.

어느 정도 무공을 익혔을 거라고 생각은 했지만, 겨우
호신용 정도라고 추측했을 뿐이다.

하지만 직접 주먹을 부딪혀 보니 이미 상당한 수준에
올라 있는 그였다.

무태가 서원룡의 머리채를 쥐고 얼굴을 들게 했다.

"흐흐흐."

서원룡은 웃고 있었다.

무태는 그게 허세라고 생각했다. 하지만 그 순간 눈앞에 뭔가가 번쩍거리는가 싶더니 일시에 시야가 보이지 않기 시작했다.

"뭐야 이거!"

앞이 안 보인 틈을 타서 서원룡의 반격이 시작됐다.

퍼퍼퍼퍽!

순식간에 서원룡의 주먹이 무태의 몸을 가격했다.

내공을 잔뜩 실은 주먹이라 무태는 혼이 나갈 정도의 고통이 몰리자 반격 한 번 못해 보고 나가떨어졌다.

"쿨럭!"

무태의 입 밖으로 검은 핏물이 터져 나왔다.

내상을 입은 것이다.

"분명 말했지. 내 눈앞에 나타난 걸 후회하게 해 주겠다고."

서원룡의 입가에 미소가 걸렸다. 쉽게 죽일 생각은 결단코 없었다. 배후를 알아내지 못해도 상관없었다.

이놈만큼은 죽음보다 더한 고통을 맛보게 해 줄 작정이었다.

하지만 그런 그의 뜻은 이뤄지지 못했다.

휘익, 휘익!

펑, 펑!

서원룡은 자신을 옭아맬 것처럼 날아오는 비수들을 주먹으로 쳐 냈다.

무표정한 얼굴을 하고 있는 백리웅의 곁으로 투영혈사에 매달린 화천비가 춤을 추고 있었다.

"별 같잖은 놈들이 다 설치는구나."

"어디 이 녀석들을 제대로 막아 보기나 해 봐라."

세 개의 화천비가 뱀처럼 날아들었다.

서원룡은 뒤로 멀찌감치 물러서며 그것들을 쳐 냈다. 장거리 병기를 쓰는 놈을 상대하려면 지척까지 다가가야만 했다.

서원룡의 입술이 뒤틀렸다.

하지만 그 틈을 노리기가 버거웠다.

인정하긴 싫지만 상대의 비수는 춤을 추는 것 같았다. 어떤 미세한 무엇인가에 매달려서 땅으로 떨어지지도 않고 공중에 떠 있었다.

이런 경험을 해 본 적이 없는 서원룡에게 백리웅은 난감한 상대였다. 차라리 무태 같은 무공을 사용하는 이가 더 상대하기 편했다.

점점 구석으로 몰리는데다가 지치기까지 하니 서원룡으로서는 조급해지기 시작했다.

이대로 가다가는 자신이 죽고 만다.

"이제 지친 것 같으니 그만하죠."

백리웅이 화천비를 거둬들였다.

"무슨 개수작이냐."

"저보단 이 친구가 더 할 말이 있는 거 같아서요."

"너…… 오늘 죽었다."

바닥에서 휴식을 취하던 무태가 몸을 일으키더니 주먹을 움켜쥐었다.

"팔다리 한 짝씩은 부러트려 주마."

무태의 신형이 빠르게 서원룡에게로 지쳐 들어갔다.

14장.

암행

서원룡이 산으로 올라선 지 두 시진이 지났다. 그의 명령이 있어 호위무사들은 백리천호가 오기까지 뒤쫓아 가지 못했다.

　저 멀리서 먼지를 일으키며 백리세가의 무인들이 나타났다.

　"오셨습니까."

　"올라간 지 얼마나 됐지?"

　"벌써 두 시진이 넘었습니다."

　"흠."

　백리천호는 굳은 얼굴로 산의 지형을 살폈다. 그렇게 크지 않은 야산. 입구는 이곳 하나. 아직은 산속에 있다는 소리일 것이다.

서원룡과 서지원을 건드린 놈들이라면 여간내기가 아닌
지라 어쩌면 이미 도주를 했을지도 모른다.

"그렇게 혼자 오르지 말라고 했건만."

백리천호를 혀를 찼다.

아들을 잃은 슬픔과 분노는 이해하지만 절대로 흥분을
해서는 안 되는 상황이었다.

겁도 없이 서원룡을 불러들인 것만 봐도 서운지를 죽인
놈들이 얼마나 대범한지를 알 수 있었다.

그런 놈들을 혼자 잡겠다고 나섰으니 그 결과는 뻔했
다.

아직까지 돌아오지 않았다면 납치가 되었다고 결론을
내릴 수밖에 없는 일이다.

"직접 찾아 나서는 수밖에. 너희는 이곳에서 대기하고
있거라. 쥐새끼 한 마리 내려가지 못하도록."

서원룡이 호위무사들에게 일러 놓고 백리천호는 수하들
을 이끌고 산을 오르기 시작했다.

그의 뒤로는 오십여 명의 백리세가의 무인들이 뒤따랐
다.

백리천호는 격전이 치러졌던 장소를 발견했다. 한차례
폭풍이 지난 것같이 땅이며 나무들이 움푹움푹 패여 있었
다.

"주먹 대 주먹이라."

서원룡은 장법을 주특기로 구사했다. 그리고 상대는 장법이나 권법을 사용했을 것이라 판단을 내렸다. 움푹 패여 버린 땅에 커다란 발자국이 찍혀 있는 것으로 보아 확실했다. 그리고 최소 세 명 이상이 이 자리에 있었다.

그리고 흔적은 계속 이어졌다.

백리천호는 그 흔적을 따라가면서도 의아해했다. 왜 이렇게 흔적을 남겨 뒀을까. 순수하게 서원룡이 혼자서 나타났을 거라고 생각한 것일까.

아니면 서원룡을 납치하거나 죽이느라 흔적을 지우지 못했을 수도 있는 일이다.

백리천호는 산 정상까지 오르면서 뭔가 이상한 기분이 들었다.

일개 야산에서 숨을 만한 공간은 없다고 봐도 무방한 일이다. 지금까지 샅샅이 뒤지면서 올라왔어도 그런 공간은 보이지 않았다. 그렇다고 자신들의 이목을 속이고 산을 내려갔을 가능성도 희박한 일이다. 밑에는 서원룡의 호위무사들이 자리를 지키고 있었을 것이고.

"……!"

거기까지 생각이 미치자 백리천호는 황급히 수하들과 함께 산을 내려왔다.

그곳에는 조금 전 자신에게 상황을 보고하던 호위무사

가 죽은 채로 있었다. 그리고 그와 함께 있던 몇몇의 호위무사들이 사라지고 없었다.

주변을 샅샅이 뒤져 보니 얼마 떨어져 있지 않은 곳에 같은 복장을 한 호위무사들의 시체가 발견되었다.

서원룡을 납치한 놈들…… 그놈들은 이미 자신들이 도착하기 전에 산을 내려온 것이다.

보고를 하던 호위무사를 제외하고는 살해하고 자신들이 그들로 위장을 하고서 있었던 것이다.

"크…… 크크크, 제대로 당했구나."

천하의 백리천호가 이토록 어처구니없게 당할 거라고는 생각지도 못했던 일이다.

반사영 일행이 머무는 은신처 지하에는 밀실이 하나 있었다. 그곳은 애초부터 누군가를 감금하고 고문하기 위한 목적으로 만들어져 있었다.

벽면에는 온갖 고문을 하는 데 필요한 물건들이 걸려 있었다.

그 한가운데 서원룡이 정신을 잃은 채 의자에 묶여 있었다. 이미 극심한 고문을 당한 그의 몰골은 엉망이었다.

온갖 장신구로 치장되어 화려하게 차려입은 옷은 절반

이상이 찢겨져 있었고, 온몸 곳곳에 상처로 가득했다.

"큰소리 땅땅 쳤는데 큰일 났네, 젠장."

서원룡의 고문 담당자는 무태였다.

다른 세 사람에게 반드시 자신들의 질문에 바로바로 답할 수 있을 정도로 길들여 놓겠다고 호언장담을 했었던 그였다.

하지만 장장 반나절이나 되는 시간 동안 서원룡은 자신에게 정체가 뭐냐고 질문만 할 뿐이었다.

경험은 없었지만 무태 본인은 나름대로의 자신감을 갖고 있었던 것이 사실이다. 하지만 상대가 만만치 않았다.

"에효."

괜히 한다고 나서서 제대로 쉬지도 못하고 고생만 하고 있으니 답답할 노릇이었다. 게다가 고문을 해야 하는 대상은 기절해 버리기까지 했다.

이미 수차례 이런 과정을 거쳤고, 깨운다고 뭔가 뾰족한 수가 있는 것도 아닌지라 무태는 바닥에 누워 버렸다.

끼익, 쿵.

밀실 안으로 백리웅이 들어섰다.

"뭐하냐."

백리웅은 피식 웃었다. 무태의 얼굴이 불과 반나절 만에 폭삭 늙어 버린 것 같아서다.

"죽겠수다. 이놈을 고문하는 게 아니라 내가 고문을 당하는 것 같아요."

"사영이 아무래도 너 혼자서는 벅찰 것 같다며 가 보라고 해서 왔다."

"크큭, 좀 더 일찍 좀 오지 그랬어요."

백리웅은 눈을 감고 있는 서원룡을 힐끔 쳐다보더니 품속을 뒤져 작은 주머니 하나를 꺼냈다.

"네가 아무것도 못 알아낼 것 같아서 내가 하루 종일 만들었다."

"그게 뭔데요?"

"기가 막힌 거."

백리웅은 한껏 들뜬 표정으로 주머니에서 작은 환약 하나를 꺼내 서원룡의 입으로 밀어 넣었다.

"기절한 놈에게 그런 걸 먹여서 뭐하게요."

"곧 일어날 거야."

백리웅의 말처럼 서원룡은 얼마 있지 않아 눈가를 파르르 떨더니 정신을 차렸다.

"으으윽."

"정신이 드십니까?"

백리웅이 서원룡의 맞은편에 앉았다.

"네놈들…… 대체 정체가 뭐냐."

서원룡의 목소리는 메마른 땅처럼 갈라져 있었다. 반나절의 고문은 육체만 망가트린 것이 아니었다.

"지치지도 않나, 처음 만났을 적부터 물어도 대답을 안 해 준 걸 또 묻고 있네."

무태가 답답한 듯 가슴을 쳤다.

"가주의 명령을 이행 중입니다."

"가주?"

"그쪽이 잘 아시는 분 말이죠."

"크크큭, 크하하하!"

어디서 그런 기운이 났는지 서원룡은 미친 듯이 웃음을 터트렸다.

"어디서 그런 말 같지 않은 소리로 나를 속이려 하는 것이냐."

"뭐, 믿기 힘드시다는 건 저희도 알고 있어요."

"크큭. 꼬마들아, 내게 그런 방법이 통할 것 같으냐. 백리천호가 내 아들을 죽이고 나를 납치하라고 시켰다고?"

"실제로 지금 상황을 보시면 이해하는 데 도움이 되실 테죠."

백리웅은 너무나 태연하게 거짓말을 늘어놓고 있었다. 모든 것이 반사영의 지시대로 하고 있는 것이다.

서원룡은 입을 다물고는 어떤 대답도 하지 않았다.

"가주께서 원하시는 건 딱 하나, 이쯤에서 그쪽의 자산을 몽땅 가주께 바치고 무림을 떠나는 것. 그러면 목숨만은 살려 주시겠다고 하시더군요."

서원룡은 침묵을 유지했다. 전혀 흔들리지 않을 눈빛이었다.

하지만 백리웅은 그의 머리가 빠르게 돌아가고 있는 것이 느껴졌다.

"이제부터 본격적인 고통이 시작될 겁니다. 지금까지와는 차원이 다른 고통이."

백리웅의 말이 끝나자마자 서원룡은 몸을 조금씩 비틀기 시작했다.

"으…… 으……."

서원룡은 몸 안에서 뭔가가 꿈틀거리는 느낌을 받았다.

그건 아주 불쾌하고 이질적인 것이다. 그리고 이어지는 고통은 서원룡이 태어나 지금껏 느껴 보지 못한 엄청난 것이었다.

눈알이 뒤집히고, 몸이 부르르 떨렸다. 입 밖으로 소리라고 내지르고 싶지만 뜻대로 되지 않았다.

"끄윽……."

입가로 게거품이 흘러나왔다.

"죽, 죽는 거요?"

"아니, 안 죽어."

서원룡의 상태가 바로 죽기 일보 직전인 사람이나 마찬가지였다. 무덤덤하게 바라보는 백리웅과 달리 무태는 안

절부절못하고 있었다.

이런 인간쯤은 죽어도 상관없지만, 서원룡을 데려오고 고문한 자신의 노력이 물거품이 될 것 같아 불안했다.

동시에 무태는 너무나 차갑게 변해 버린 백리웅이 낯설기만 했다.

'이 인간이 언제 이렇게 독종이 됐지.'

불과 일 년도 채 되지 않은 시간에 사람이 이렇게 변할 수가 있는 것인가.

서원룡의 모습을 보며 백리웅은 무슨 생각을 하고 있을까.

서원룡의 발작이 멈췄다.

"절대 죽지 않아요, 당신은."

"어…… 어흑."

백리웅이 주머니에서 다시 환약을 꺼내 서원룡에게 먹였다. 이미 온몸의 힘이 풀린 그는 그걸 뱉어 낼 수도 없었다.

"이건…… 가주님의 뜻만이 아닙니다. 교내에서도 이걸 원하고 있어요. 당신이 불필요해졌다는 소리죠. 그만 그대의 자산을 우리에게 넘기고 무림을 떠나세요. 그게 가주께서 그대에게 드릴 수 있는 유일한 배려이니까."

"끄흑."

일각 뒤 다시금 서원룡의 발작이 시작됐다.

무태는 눈살을 찌푸리고 그 모습을 지켜봤다.

웬만한 비위를 갖고 있지 않다면 쳐다보지 못할 만큼 서원룡의 모습은 망가져 가고 있었다.

이미 소변과 대변이 동시에 의자 밑으로 쏟아져 내리기 시작했다.

제정신을 잃어 가던 서원룡의 입에서 얼마 있지 않아 놀라운 말이 튀어나왔다.

"정, 정말 교내에서 그렇게 결정을 내렸단 말이냐."

"물론이죠."

백리웅은 차마 웃을 수 없었다. 지금 서원룡의 말은 백리웅에게는 충격이었으니까. 그건 무태도 마찬가지.

'정말…… 백리천호가 천마교와 내통하고 있었어.'

반사영이 서원룡을 통해서 백리천호가 천마교와 내통하고 있음을 확인한 이유는 간단했다.

천마교라는 세력이 아직도 세상에 존재하는 것과 정말로 위지청이 그들과의 전쟁을 선포하는지에 대한 사실 여부를 확인하고 싶었던 것이다.

물론 살야단은 위지청의 명령대로 움직여야 하는 조직이었다. 그의 명령 하나면 목숨을 걸고 상대가 누구든지 처리해야만 한다.

물론 그럴 각오를 하고 있었다.

다만 위지청을 신뢰할 수가 없었다.

단지 그의 야망을 위해 죄 없는 자들을 죽이는 일에 자신들이 희생되어야만 한다면 모든 걸 포기할 작정이었다.

하지만 이로 인해 어느 정도 위지청의 계획이 무엇인지 정확하게 알게 됐다. 하지만 아직은 완벽하게 위지청을 믿는 것이 아니었다.

아버지의 신분이 무엇인지 그에게서 답을 듣지 못했기 때문이다.

천마교가 부활했다. 그 시발점은 천검제 위지강의 암살. 결과적으로 위지강은 목숨을 잃었다.

천하 무림인들이 동요한 것은 자명한 일이다.

전설로만 알려져 있는 천마교.

과거 천하를 피로 물들였다는 천마교의 부활은 수많은 무림인들을 공포와 불안으로 몰아갔다.

천검제의 혈육 소맹주 위지청은 다시금 세상에 모습을 드러낸 천마교와의 전쟁을 선포했다.

그렇게 공식 발표를 한 지 열흘이 지났다.

그 시간 동안 위지청은 음지에서 활동하는 천마교의 세작들을 잡아내기 걸 최우선으로 삼았다.

물론 대외적으로는 그들의 꼬리를 잡기 위해 애썼지만 이미 살야단을 이용해 천천히 천마교의 세작들을 제거해 나가기 시작했다.

위지청은 살야단의 능력을 인정해야만 했다. 그들은 자신의 생각보다 훌륭하게 일을 처리해 가고 있었다.

정확하고 은밀하다.

물론 흑사대를 이용해도 그만한 결과를 가져다 줄 것이다. 하지만 만에 하나를 대비해 흑사대는 아껴 둬야만 하는 전력이었다.

위지청은 오랜만에 본가를 방문했다.

"백리세가는 어때."

"조용합니다."

산책을 하는 위지청의 뒤를 엽표가 뒤따랐다.

"후훗, 백리천호의 얼굴을 보고 싶은데."

"이미 자금을 담당하던 서원룡을 잃었으니 날개가 꺾인 셈이죠."

"그럴 테지, 게다가 공들여 자기편으로 끌어들인 자들도 차례차례 암살을 당하고 있으니…… 후후훗."

위지청은 유쾌한 웃음을 지었다.

"주군."

"자네가 뭘 걱정하는지 맞춰 볼까."

"……."

"살야단을 언제까지 사용할 건지 궁금한 거지?"

"혹여 주군의 앞날에 해가 되지는 않을까 걱정됩니다."

"솔직하지 못하군."

엽표는 차가운 위지청의 목소리에 간담이 서늘해졌다. 자신의 속마음을 들켰기 때문이다.

"걱정하지 마. 아직은 쓸데가 많은 놈들이니까."

"그럼……."

"맞아, 때가 되면 얼마든지. 그때 자네가 수고를 해 줘야 할 거야."

"물론입니다."

어두운 골목, 그림자 하나가 도망치듯 빠르게 움직인다.

거친 숨을 토해 내며 달빛 하나만을 의지한 채 중년인은 죽을힘을 다해 도망치고 있었다.

그의 표정은 절망감으로 가득 찼다.

휘익, 휘익.

중년인의 머리 위로는 두 개의 그림자가 뒤따랐다. 그들은 중년인을 농락하기라도 하듯 이리저리 왔다 갔다 하며 여유를 부렸다.

그러면 그럴수록 중년인은 이를 악물고 더 빠르게 달렸다.

　"조금만…… 조금만 더!"

　이제 곧 목적지에 도착할 수 있었다. 그러면 살 수 있다는 생각이 들자 조바심이 일었다.

　휘리릭!

　어둠 속에서 채찍이 날아와 중년인의 발목을 낚아챘다.

　빽!

　중심을 잃은 중년인의 턱이 땅바닥에 찧었다.

　"살려 줘! 날 살려 주면 자네들이 원하는 건 뭐든지…… 응? 뭐든지 들어주겠네."

　"우리가 누군지나 알고 그래요?"

　"알고 있네!"

　"누군데요?"

　단유하가 씩 웃으며 물었다.

　그의 질문에 중년인의 입술이 떨렸다. 뭐라고 말을 뱉어 내야만 하겠는데 그게 쉽지가 않아 보였다.

　"그게…… 그게."

　"흠, 누군지를 모르면 우리가 원하는 게 뭔지도 모르시겠네."

　푹!

　붉은 비수가 눈 깜짝할 사이에 중년인의 목에 틀어 박

혔다.

"장난칠 시간 없어."

"에구, 알겠습니다."

백리웅과 단유하는 서둘러 반사영과 무태가 있는 숙소로 돌아왔다.

"이낙현(李洛鉉) 살."

"수고했어요."

"뭐, 어렵진 않았어."

"오늘 죽은 이낙현까지 우리 손에 죽은 이들이 벌써 열넷."

반사영 일행은 둘러앉았다.

"후우, 많이도 죽었네."

파풍창 서운지를 시작으로 아릉이 건네준 책자의 적힌 이들을 암살하다 보니 벌써 그만큼의 사람들이 죽었다.

모두가 하나같이 천검맹 내에서 요직에 앉아 있던 자들이었다. 하지만 그 명성에 비해 무공의 수준은 높지 않았다.

"다음은 누구지?"

"다음 임무가 뭔지는 내가 설명해 주마."

반사영 일행의 숙소로 아릉이 나타났다.

"오랜만이네요."

"점점 회춘하시는 것 같습니다."

"끌끌끌, 농을 던지는 걸 보니 제법 여유가 생긴 모양
이구나."

"열넷이나 해치웠으니, 이젠 좀 여유를 부려도 되지 않
을까요."

반사영 일행이 아룡을 대하는 태도는 사뭇 달라져 있었
다. 그와 눈을 마주치면 겁부터 먹었던 혈해도에서와는
다르게 이제는 별 긴장도 하지 않고 있었다.

아룡은 그런 그들의 태도에 불쾌해하지 않아 보였다.

"위지청이 너희들한테 다른 임무를 맡겼다."

"다른…… 임무요?"

"그래."

"지금과는 다른 일인가요?"

"천마교가 아직도 건재하다는 결정적인 증거를 너희들
이 찾아야 한다."

결정적인 증거라는 아룡의 말에 반사영 일행의 표정이
하나같이 굳어졌다.

지금까지의 임무와는 전혀 성질이 다른 것이다. 천검맹
이라는 집단도 해내지 못한 일을 반사영 일행이 해낸다는
건 말도 안 되는 일이다.

"지금까지 암살한 자들은 천마교의 핵심 인물로 추정되
는 백리천호와 긴밀한 관계를 갖고 있던 자들이었다. 하
지만 그들에게서 뭔가를 알아내기란 불가능한 일."

"어차피 점조직으로 활동을 하는지라 백리천호나 지금까지 죽였던 자들도 천마교가 어디에 은신처를 두고 있는지 모를 것이죠."

서원룡은 이미 죽었다. 그를 죽이기 전 천마교에 대해서 알아보려고 했으니 실패였다.

서원룡 정도 되는 인물도 천마교에 대해서 아는 것이 전무할 정도니, 그들이 얼마나 은밀한 조직 체계를 갖추고 있는지에 대해 단편적으로나마 알 수 있었다.

"맞다. 워낙 조심스럽게 움직이는지라 그들의 흔적을 잡아내는 일은 불가능해."

"그런 일을 저희보고 하라는 건가요?"

"끌끌, 뭔가 착각하는 모양이구나. 살야단은 위지청의 명령을 이행하면 된다. 질문을 할 수 있는 권한은 없다는 걸 모르는 것이냐."

"그건……."

반사영이 뭐라고 반박을 하려다가 입을 다물었다. 아룡의 말이 사실이었으니까.

어디까지나 살야단은 위지청과 주종 관계로 묶여 있었다. 그건 살야단에 자신들이 몸을 담은 순간부터 정해진 자연스러운 관계다. 지금 와서 따지고 들어 봤자 아무런 소용이 없었다.

그건 반사영을 비롯해 세 사람 모두가 알고 있는 사실

이다.

"백염공은 그럼 뭡니까."

"뭐라고?"

"대체 백염공은 뭘 위해서 위지청과 함께 이 일을 진행하는 거죠."

"끌끌, 무엇을 위해 그 빌어먹을 놈의 명령을 따르는 것인지 알고 싶은 게냐."

"네. 저희는 본래 신분으로 돌아가면 백리세가는 물론 정파라 자청하는 이들이 가만두지 않을 것입니다. 백리연을 죽였다는 누명을 쓰고 있으니까요. 백염공께서도 저희와 비슷한 처지이신 겁니까?"

"천하의 백염공을 위협할 수 있는 건 누구도 없다."

"지금껏 어떤 세력에도 얽매이지 않고 계시던 백염공께서 왜 천검맹의 일을 돕는 거죠?"

아룡의 미간이 찌푸려졌다. 굳이 설명해 줄 필요는 없었다.

하지만 이들의 불만이 조금이나마 가라앉히기 위해서는 입을 열어야만 했다. 어디까지나 살야단을 책임질 수밖에 없는 자리였으니까 말이다.

"난 위지청과 거래를 했다."

"……"

"어디까지나 개인적인 일이지만, 내게는 자식이 하나

있었고, 녀석도 무림인이었지. 그 녀석은 억울하게 죽임을 당했다. 그리고 그 아이가 낳은 내 손녀까지 겁탈해 죽여 버렸지."

아룡의 목소리는 크지 않았지만 당장이라도 폭발할 기운을 억지로 참고 있다는 것쯤은 모두에게 전해졌다.

"백리천호, 백리세가의 가주 놈이 그런 짓을 저질렀다."

백리웅의 눈동자가 흔들렸다. 심장은 거세게 뛰기 시작했다.

"내 아들 놈은 백리세가의 무인이었고, 꽤 중요한 자리에 있었지. 한데 아들 녀석이 백리천호의 비밀을 우연히 알게 되었던 모양이야. 그 비밀이 뭔지는 모르겠지만 백리천호는 내 아들을 죽였다. 유일하게 남은 내 핏줄을, 그것도 모자라 아들의 딸까지 처참하게 죽여 버렸다."

아룡의 말을 들으며 백리웅은 입술을 깨물었다. 얼마나 세게 물었던지 피가 날 정도였다.

'백리천호……'

그는 백리세가를 망치고 있었다.

무엇을 위해 천마교와 손을 잡은 건지는 몰라도 개인적인 욕심으로 더 이상 돌이킬 수 없는 상황까지 몰고 가는 것에 화가 치밀어 올랐다.

"내 목숨 하나 아까워서 그놈을 살려 두는 건 아니다.

쉽게 죽일 생각이 없다. 세상에서 가장 고통스럽게 죽여 줄 생각이다. 그래서 위지청의 힘이 필요한 것이다. 대신 위지청은 내게 너희의 훈련을 맡긴 것이고."

아룡은 잠시 말을 멈추고 반사영 일행을 바라봤다.

"지금까지 해 왔던 암살을 지속하다가는 너희들이 위험 해진다. 어디까지나 음지에서 활동해야 할 살야단의 전력 이 노출될 수도 있다. 그러니 지금이 적기다. 다시 음지로 들어가 천마교에 관한 정확한 정보를 파악할 것."

"위지청을 만나게 해 주십시오."

"만나서 뭘 하려고."

"제대로 된 조건을 다시금 맞춰 볼 생각입니다."

"그게 무슨 말이냐."

"처음 살야단의 소속되길 제안받았을 땐 저희로서는 어 쩔 수 없었던 선택이었죠. 거기에 불만을 품을 생각 같은 건 없습니다. 하지만 언제까지 그런 불합리한 상황에서 한 약속을 이행할 수 있을지는 모를 일입니다."

"거래를 하겠다?"

"협상이라고 하죠."

"좋다. 위지청이 너의 협상을 제대로 체결해 줄지 모르 겠지만 네 뜻은 전해 주마."

"감사합니다."

아룽이 떠나고 나서 반사영은 홀로 장원을 거닐면서 생각을 정리했다.

위지청과의 독대를 신청했지만 자신과 동료들이 뭘 원하는지 뚜렷하지가 않았다. 그저 아버지와 어머니를 죽인 놈들이 누구인지를 알고 싶었을 뿐이다. 할 수 있다면 복수를 할 작정이었고 말이다.

하지만 뜻하지 않게 먼 길을 되돌아왔다.

살야단이라는 곳에 들어온 이유는 어디까지나 아버지의 신분을 알기 위해서였다.

혈해도를 나와 위지청은 한 번도 모습을 드러낸 적이 없었다.

천검제의 죽음으로 그가 바쁘게 처리해야 할 일이 늘었다는 것쯤은 짐작할 수 있는 일이다. 하지만 자신에게 아버지에 대해 알려 주지 않으면 살야단의 임무를 수행할 수가 없는 노릇이었다.

"사영."

세 사람이 반사영에게로 다가왔다.

"우리는 살야단의 임무를 계속하기로 결정을 내렸다."

"어차피 돌아갈 곳이 없잖아."

"뭐, 이왕 이렇게 된 거 그 빌어먹을 천마교 놈들이나 때려잡으며 생활하는 것도 나쁘지 않지 뭐냐."

반사영이 잠시 자리를 비운 사이 그들 나름대로 회의를

한 모양이다.

반사영은 백리웅에게로 시선을 고정시켰다.

이들 중 가장 혼란스러운 인물이 백리웅일 것이다.

원수 같았지만 같은 피를 이은 백리연을 죽인 누명을 썼다. 그리고 어머니마저 세상을 떠났다. 게다가 백리세가의 가주 백리천호가 천마교와 내통하고 있었음을 알게 됐다.

가장 천마교에 대한 감정이 남다를 수밖에 없는 이가 백리웅이었다.

"하지만 살야단의 임무는 날이 가면 갈수록 위험해질 거예요."

"어차피 무림인으로 살아가는 자들에게 위험은 친구 같은 것이야. 얘가 아직 뭘 모르네, 그렇지?"

무태가 단유하의 옆구리를 쿡쿡 찔렀다.

"태산검께서 늘 입버릇처럼 말하시던 거랑 비슷하긴 하다."

"네 생각은 어때."

"아직…… 위지청을 만나 보고 결정을 내릴 생각입니다."

"우리의 결정은 일단 살야단에 남기로 하는 거지만 넌 너만의 선택을 했으면 좋겠다. 우리는 신경 쓰지 말고 말이다."

"고맙습니다…… 형님들."

툭, 툭.

약속된 시간과 장소에서 반사영은 위지청을 기다렸다. 처음 만나는 사이는 아니지만 긴장이 되는지 반사영은 손가락을 탁자를 두드리며 초조한 얼굴을 하고 있었다.

위지청과의 첫 만남과는 대조적인 모습이었다.

그때는 위지청이라는 사람에 대해 잘 몰랐을 뿐더러 지금과는 차원이 다른 신분이었기 때문이다.

소맹주와 맹주.

천검제의 죽음과 동시에 음지의 적을 드러내 천검맹의 힘을 하나로 모은 위지청이 맹주의 자리에 오른 건 자연스러운 일이다.

지금은 엄연히 천검맹 맹주의 자리에 오른 그였다. 소맹주와 맹주의 차이를 반사영이라고 모를 리가 없었다.

"아이고, 내가 좀 늦었군요."

반사영의 맞은편에 중년인이 앉았다.

반사영과 마찬가지로 인피면구를 착용한 위지청이었다.

"처음 써 보는데 참 답답하군요."

"오랜만이군요."

"후훗, 혈해도 생활은 어땠습니까. 백염공의 말에 따르면 단주 자리를 꿰찰 만큼 능력이 있다고 하던데. 뭐, 저야 진작부터 그대의 재능을 알아본 사람이었지만요."

"제가 살야단…… 아니, 맹주님의 제안을 받아들인 이유를 잊지 않고 계시겠죠?"

"물론이에요."

"제 아버지…… 천령군 소속이셨던가요?"

"전대 맹주님께서 돌아가시고 나서 천령군 군장에게 제가 직접 알아봤습니다. 그대의 예상이 맞았더군요, 반적풍이라는 이름의 천령군 무인이 있었다고 합니다."

반사영은 속으로 안도의 한숨을 내쉬었다. 역시나 자신의 예상이 틀리지 않았던 것이다.

"그래서 그대 아버지에 대한 이야기를 천령군 군장에게 들었습니다."

"그럼 이 자리에 함께 오셨겠군요. 천령군은 맹주의 최측근에서 항상 존재하니까요."

"아, 아직 전 정식 맹주의 자리에 오른 것이 아닙니다. 취임식도 하지 않았죠. 지금은 천마교에 대한 일로 바빠서 말이에요. 당연히 천령군 일군이 아닌 이군 몇 명만이 저를 호위하고 있습니다."

위지청이 나타났을 적부터 반사영은 알고 있었다. 지난번 그의 거처를 지키고 있던 자들의 기척을.

"그리고 천령군장은 오로지 맹주에게만 모습을 보입니다."

그 군장이라는 자에게 직접 듣고 싶었지만 위지청이 허락을 해 주지 않았다.

위지청의 말을 전적으로 신뢰할 수 있는지에 대한 답은 아직 내리지 못했지만 지금으로서는 방법이 없었다.

"저를 보자고 한 이유가 그게 다는 아닐 거라고 생각이 드는데요."

"아버지가 천령군 소속이었다는 걸 알았으니 대체 왜 돌아가셨는지, 그리고 누가 아버지를 그렇게 만들었는지 알고 싶습니다."

"흐음……."

위지청은 묘한 눈초리로 반사영을 바라봤다. 반사영도 그의 시선을 피하지는 않았다.

"내가 그걸 알아봐 줘야 할 이유가 있나요?"

위지청의 눈은 싸늘했다.

"알아봐…… 주셔야 합니다."

"그렇게 못해 주겠다면?"

"살야단을 떠날 것입니다."

반사영으로서는 그게 최선의 선택일 수밖에 없었다.

"이것 참…… 처음 만났을 때나 지금이나 사람을 당황하게 만드는 재주를 가지셨군요."

위지청은 웃고 있었지만 반사영에게는 그 미소가 분노의 다른 표현이라는 걸 느낄 수 있었다.

　"그건 그쪽 자유지만 비밀 유지를 위해 우리도 어떤 선택을 할 수밖에 없습니다."

　"협박…… 을 하시는 겁니까."

　"경고라고 해 두죠. 지금 제가 앉아 있는 맹주 자리에는 그런 일쯤은 명령 한 번이면 얼마든지 가능한 일이니까요."

　반사영의 예상보다 위지청의 반응은 냉담했다. 하지만 여기서 겁을 먹고 원하는 걸 얻지 못하면 앞으로 계속 끌려다닐 수밖에 없는 일이다.

　"아버지의 죽음을 알아야…… 그리고 그 복수를 해야만이 제가 살야단으로서 활동을 지속할 수가 있는 일입니다."

　"이미 저에 대한 믿음은 사라진 것 같은데…… 제가 어떤 대답을 하더라도 그대가 완전히 믿어 줄까요?"

　"그럴 생각입니다."

　"재밌네요. 그러죠, 그대 아버지가 왜 무슨 이유로 죽었는지를 알아봐 드리겠습니다. 그럼 제가 얻을 수 있는 건 뭡니까."

　"살야단 단주로서 맹주님의 어떤 명령도 완수해 내 드리죠."

"설사…… 아버지를 죽인 자와 손을 잡아야 한다는 명령이라도 말이죠?"

위지청의 비릿한 미소에서 반사영은 섬뜩한 기분을 느꼈다.

"후후훗, 농담입니다. 좋습니다. 그럼 이 일은 이 정도에서 정리를 하죠."

위지청과 반사영은 자리를 옮겨 저녁 식사를 함께했다.

"이번에 살야단이 천마교의 흔적을 제대로 잡아내면 그때부터는 전쟁이 시작될 거예요. 백 년 전보다 더 엄청난 피 바람이 불겠죠. 그 선두에 살야단이 자리를 잡을 겁니다."

"저희도 마음에 준비를 하고 있습니다."

"그렇다면 다행이군요. 부디 이번 임무에 좋은 결과가 있었으면 좋겠군요."

"아버지에 대한 일은 최대한 빨리 연락을 부탁드리겠습니다."

"그러죠."

식사를 다 마치고 반사영이 돌아가자 위지청은 자신의 집무실로 들어섰다. 그리고 의자에 앉아 혼자서 미친 듯이 웃음을 터트렸다.

"크크큭, 역시나 그 피를 이어받은 놈답게 배짱이 두둑해. 감히 천검맹 맹주가 된 나 위지청을 그런 식으로 대할 줄은 몰랐어."

스르륵.

어두운 집무실에서 그림자 하나가 위지청의 앞에 나타
났다.

"아버지가 왜 죽었는지 알아봐 달라더군요. 나 위지청
에게 말이죠."

"……."

"재밌는 일이지 않습니까. 쟤 아버지가 내 아버지를 암
살한 것도 모르는 주제에 나에게 그런 부탁을 하다니 말
이에요."

"그 아이에게 계속 천마교에 대한 일을 맡기실 겁니
까."

"그럴 작정이었어요. 그 더러운 놈을 만나기 전까지는
말입니다."

곽대우는 말없이 위지청의 살기를 맛보고 있었다. 피부
가 나가떨어질 것만 같은 엄청난 기운이다.

무겁게 가라앉은 공기가 곽대우를 숨죽이게 했다.

"알게 해 줘야겠죠? 나 위지청 앞에서 그런 시건방을
떤 대가가 어떤 것인지."

"제가…… 하겠습니다."

"그대가 그놈을 죽이면 반적풍의 가문을 모조리 처리하
게 되는 거겠군요. 그것도 나쁘지 않는 일이죠."

"이미 손에 피를 묻힌 이상 제가 하는 게 좋을 듯합니다."

"그건 제가 결정합니다."

"……!"

곽대우는 위지청이 자신을 믿지 않고 있다는 걸 본능적으로 느낄 수 있었다.

"저에게 좋은 생각이 떠올랐거든요."

어둠 속에서 위지청은 하얀 이를 드러내며 웃었다.

15장.

감숙성으로 향하다

푸우우.

따뜻해진 봄날의 햇빛을 받으며 무태가 졸고 있었다.

살야단에게는 이틀간의 휴식이 주어졌다.

하지만 외출은 허락되지 않았다.

하릴없이 시간을 보내야 했기에 무태는 늘어지게 잠만 잤다. 지금처럼 점심을 먹고 나면 밀려오는 졸음에 침까지 흘리고 있었다.

단유하는 하릴없이 장원 내부를 걷고 있었다. 쉬지 않고 벌써 반 시진째 그러고 있었다. 하지만 아무도 신경을 쓰지 않았다.

반사영도, 백리웅도 개인적인 시간을 보내느라 바빴다.

그렇게 각자 행동하고 있었지만 그들이 느끼는 불안은 다르지 않았다. 불안한 마음을 달래기 위한 방법이었다.

반사영은 무영살검류를 펼치며 몸을 혹사시켰다. 복잡한 머리를 식혀 줄 유일한 해결책이라는 판단 때문이다.

이제 무영살검류의 다섯 초식은 몸에 배어 있었다. 언제고 마음만 먹으면 바로바로 펼칠 수 있을 정도였다.

무영살검류의 최종이라고 불리는 섬영혈참도 펼칠 수 있었으니까 말이다.

반사영은 섬영혈참이 자신의 검 끝에서 터져 나왔을 때 느낀 기분은 아직도 선명하게 남아 있었다.

무형과 무음의 극에 달하는 섬영혈참은 적의 육체를 도륙 내 버렸다. 그 짧은 순간에 인간의 몸을 조각조각 낼 수 있는 무공이 과연 천하에 몇 개나 될까.

반사영은 전무하다고 자신할 수 있었다.

경험이 부족한 반사영이 단언할 수 있는 부분은 아니지만 아룽도 그의 무영살검류를 칭찬한 바가 있었다.

"예전부터 궁금했었는데 말이야."

"뭐가요?"

잠시 땀을 식히는 반사영에게 백리웅이 다가와 말을 걸었다.

"네가 펼치는 그 무공…… 이름이 뭐야."

"무영살검류."

"무영살검류……."

백리웅은 반사영이 말한 무공 이름을 따라서 말해 봤다.

하지만 자신의 기억 속에는 그런 무공을 들어 본 적이 없었다. 세상 모든 무공을 다 안다고 할 수는 없지만 이 정도의 대단한 무공이 알려지지 않은 건 의아한 일이다.

"살수의 무공인가."

그렇게밖에 추측할 수가 없었다.

"뭐, 비슷해요."

반사영은 굳이 숨기지 않았다.

"살수의 무공치고는 조금 어울리지는 않은 것 같지만…… 그래도 대단한 것만큼은 확실해."

"후홋, 살수의 무공은 이것보다 더 은밀하고 덜 화려해야겠죠."

"하지만 어디까지나 상대를 죽이는 것만큼은 탁월한 무공인 것 같아."

"조금 잔인하지만 그런 용도로 사용하기 위해 무영살검류가 만들어졌겠죠."

"우리들 중 너의 사문만 알려지지 않았어."

"사문은 없어요. 사부님은 계시지만."

"이런 무공을 익히신 분이라면 신분도 대단할 것이고, 아마 사람들에게 알리기에는 불편할 수도 있겠지."

"저도 얼마 전에 알았어요. 제 사부님의 진짜 신분을."

"그렇구나."

백리웅은 뭔가 사연이 있을 거라는 생각이 들어 더 이상 묻지 않았다.

그때 반사영 일행이 묵는 장원 위로 독수리 한 마리가 나타나 선회하기 시작했다.

두어 바퀴를 돌던 독수리가 빠른 속도로 하강하더니 반사영의 어깨 위로 내려앉았다. 발목에는 나무로 만든 전통이 묶여 있었다.

그 안에는 두 장의 서찰이 들어 있었다.

"감숙성에서 난주에서 왕씨를 만나라."

그리고 하나는 이렇게 적혀 있었다.

"흥, 천마교."

감숙성으로 가라는 건 살야단 전체에게 주어진 임무. 그리고 흥 천마교는 반사영이 위지청에게 부탁한 일이다.

'천마교가…… 아버지를 죽였다?'

반사영은 두 장의 서찰을 바로 태웠다.

그리고 떠날 준비를 마친 반사영 일행은 그날 밤 은신처를 떠났다.

"이런 염병, 그 큰 땅덩어리에서 왕씨를 찾으라는 게 말이 된다고 생각하냐."

"그러게 말이다. 무슨 흥신소도 아니고."

"크큭, 그쪽으로 가면 어느 정도 자유롭게 활동할 수 있다는 건 기분 좋은 일이다. 유하."

단유하의 얼굴에도 미소가 피어났다.

두 사람을 지켜보던 반사영과 백리웅도 오랜만에 얼굴에 웃음을 띠었다.

"갑시다! 이왕 이렇게 된 거 천마교 놈들의 흔적을 우리가 잡아 보자구요!"

"오냐! 이 무태의 주먹맛을 좀 보여 줄 생각이다! 크하하핫!"

감숙성 난주.

지역적인 특성으로 산과 강, 그리고 사막이 공존한다. 중원과 서역을 이어 주는 교통의 중심지였다.

그런 만큼 감숙성은 볼거리와 다양한 인종의 사람들을 구경할 수 있는 도시였다.

"이건 또 뭐냐!"

낭인이지만 감숙성은 처음 와 보는 무태를 비롯해 반사영 일행에게 이 지역은 꽤나 신비로운 분위기를 자아내고 있었다.

생전 볼 수 없었던 아라비아 상인들을 비롯해 저 멀리 라마(로마)에서 왔다는 이들도 지척에서 볼 수가 있었다.

음식, 문화, 생필품 등 중원의 것이 아닌 다양한 나라의 것들 천지였다.

고개만 돌려도 그동안 볼 수 없었던 희귀한 물건들이 보이니, 눈이 휘둥그레질 수밖에 없었다.

무태가 소지하고 있던 전낭은 난주로 들어선 지 얼마 안 돼서 금세 가벼워지고 말았다. 그건 다른 이들도 마찬가지였다.

본인들이 어떤 목적으로 이곳에 왔는지를 망각하게 할 정도로 난주라는 도시가 갖고 있는 매력은 상당했다.

특히나 미인이 많다는 건 아직 총각들인 반사영 일행들의 눈이 쉬지 않고 돌아가는 충분한 이유를 갖게 했다.

"침 좀 닦아라."

"제, 제가 언제 침을 흘렸다고 그러십니까."

반사영이 정색을 하고 반응을 보이자, 놀리는 무태가 웃음을 터트렸다.

관심 없는 척하며 곁눈질로 다 보고 있는 걸 자신의 두 눈으로 확인했는데도 시치미를 떼는 모습이 귀엽기만 했다.

"아, 왜 이래요!"

무태가 머리를 헝클어트리자, 반사영은 난색을 표하며

무태의 손을 쳐 냈다.

"귀여워서 그러지, 녀석아."

"미쳤어요? 미치려면 곱게 미칠 것이지."

"허어! 이놈이."

"저, 저기!"

무태는 반사영을 더 괴롭힐 작정이었지만, 단유하의 외침에 더 이상 진행할 수 없었다.

"뭔데 그래?"

단유하가 가리킨 곳으로 모두의 시선이 향했다.

그 순간 반사영 일행의 발걸음이 멈췄다.

"하…… 하하! 뭐 저런…….."

무태가 입을 떡 벌리고는 더 이상 말을 이어 나가지 못했다.

넓은 대로를 끼고 양옆으로는 온갖 상점들이 즐비했다. 그곳을 오고 가는 사람들이 숫자도 어마어마했다.

그런 인파 속에서 빛이 난다는 표현이 옳을 정도의 여인이 장신구를 고르고 있는 모습이 보였다.

챙이 달린 모자 밑으로 내려온 분홍빛의 천이 얼굴을 가리고 있었지만, 그녀의 외모를 가릴 정도는 아니었다.

묘령의 여인, 그녀의 곁에는 일남일녀의 일행이 함께하고 있었다. 그녀를 포함한 일행들의 표정은 새로운 문화를 보러 온 관광객답게 밝고, 호기심으로 가득 차 있었다.

반사영 일행만이 그들을 바라보고 있지 않았다. 주변을 오고 가는 사람들의 시선은 그녀에게로 꽂혀 있었다.

"처음 본다. 저런 여자는."

단유하가 솔직한 자신의 심정을 고백했다.

"오길 잘했다. 그렇지?"

반사영과 백리웅은 자신들도 모르게 고개를 끄덕인다.

원하는 물건을 구입했는지 그녀는 일행들과 함께 인파 속으로 사라져 가고 있었다.

"가자."

"어, 어딜요?"

"저 여인이 가는 곳."

무태는 그곳이 지옥이라도 따라갈 것 같은 의지를 보였다.

"우린 놀러 온 게 아닙니다."

"알아, 알아. 하지만 말이다. 남녀 사이에는 다 정해진 인연이라는 게 있단다. 혹시 아냐. 저 여인이 너의 배필이 될지."

무태와 단유하는 이미 그녀의 뒤를 쫓고 있었다.

"저 여인이 묵고 있는 숙소에 우리가 묵어도 상관은 없을 것 같으니, 좋게 좋게 생각하자."

말투는 점잖았지만 백리웅의 얼굴도 붉게 달아올라 있었다.

"얼굴색이나 좀 가라앉히시죠."

"음? 하하…… 녀석 내 얼굴이 어떻다고."

백리웅은 멋쩍게 웃으며 머리를 긁적였다.

반사영은 하는 수 없이 다수의 의견을 따라야만 했다. 물론 그 신비스러운 여인을 다시 볼 수 있다는 게 나쁠 리가 없었다.

도심 한복판에 있는 커다란 객잔으로 그녀와 호위무사 두 사람이 함께 들어서는 모습을 멀찌감치에서 지켜봤다.

"우리도 저기서 묵으면 되겠다."

딱 봐도 숙박비가 어마어마하게 들 것이라 예상이 되는 객잔이었다. 무태가 겁도 없이 그 건물 안으로 일행들을 이끌고 들어섰다.

"자기가 돈을 낼 것도 아니면서."

"그럼 너의 그 두둑한 전낭은 네 돈이냐?"

그럴 리가 없었다.

위지청이 아룡을 통해서 준 자금이었기 때문이다.

"그럼 잔말 말고 와라."

"하, 정말 대책이 안 서는 양반이네."

객잔 안은 손님들로 바글바글했다.

반사영 일행은 점소이의 안내로 구석진 자리로 향했다.

"어라, 어딜 갔지?"

"자기네들 방 안으로 들어간 거 아닐까요."

"그런가."

"누굴 찾으세요?"

반사영 일행이 주변을 두리번거리자, 점소이가 물었다.

"여기 방금 들어온 여인 말이다. 이 객잔에 묵고 있는 거냐?"

"아…… 미모가 뛰어난 여자분 말이죠?"

"그래, 방금 일행들과 들어온."

"이곳에 머무시는 것은 맞습니다. 그런데…… 혹 일행 이신가요?"

"아니."

"그럼 조심하십시오. 괜히 찍쩝거렸다가 피 본 사람들 이 한두 명이 아니니까요."

"피를 봐?"

"네. 말도 마십시오. 그분 미색이 워낙 뛰어나니 오가 는 손님들마다 나쁜 마음을 품고 접근했다가 팔다리 하나 씩은 잘려서 돌아갔습죠."

점소이의 말에 무태의 얼굴색이 파랗게 질려 버렸다.

"이놈이! 누가 찍쩝거린다고 했어? 엉? 나를 뭐로 보 고 말이야!"

단유하가 무태를 말리는 사이, 점소이는 사색이 돼서 황급히 몸을 내뺐다.

"창피하게 왜 그래요!"

"아니, 저 자식이 이상한 사람 취급하잖아."

"사실 그럴 마음이 없었던 것도 아니잖아요."

"그렇긴 하지. 에이, 젠장."

씩씩거리던 무태는 음식이 나오자 조용해졌다.

"그나저나 그 여자의 정체가 뭘까나."

"그 정도 외모에 호위무사를 두 명밖에 붙이지 않았다면, 남자와 여자, 두 명의 무위가 대단한 모양인데."

"대단하긴 개뿔, 비리비리하게 생겼더만."

말은 그렇게 했지만 무태도 그녀의 옆에 있던 사내의 기도가 예사롭지 않다는 것쯤은 느낄 수 있었다.

"괜히 다가갔다가 큰일에 휘말리지 말고 조용히 있자."

"웅이 형님의 말이 맞아요. 우리는 엄밀히 따지면 비밀임무를 수행하고 있으니까요."

"빌어먹을."

"그나저나 궁금하긴 하네. 정말이지 태어나 저렇게 아름다운 여자는 처음이거든."

"그건 나도 마찬가지야."

반사영 일행은 일단 그곳에서 여독을 풀기로 했다.

"그 여자, 이 객잔에서 가장 큰 방에 머문다더라."

무태가 점소이에게 뒷돈을 주고 알아본 정보였다.

"잘나가는 무림세가의 여식인 모양이군."

"그만한 미색을 지닌 여인이라면 중원에서 꽤 유명할

터인데."

무태는 머리를 감싸 쥐고 고민하기 시작했다.

"왕씨를 찾을 생각이나 해요. 그런 여자 생각일랑 접어 두고."

"맞아! 그 여자가 왕씨일 수도 있다는 걸 왜 생각 못했지?"

"빌어먹을. 도대체가 어떤 생각을 하면 그런 결론이 나는 겁니까."

"흐흐흐, 포기하기에 너무 아깝지 않냐."

"원래 그렇게 집착이 심해요?"

"뭐, 때에 따라서는."

반사영은 고개를 저으며 무태의 집요함에 고개를 흔들었다.

"너도…… 조금은 마음이 있지?"

"다시 한 번 말하지만, 우리는 여기 놀러 온 것이 아닙니다."

반사영은 조금 쉰 다음 난주의 밤거리를 돌아보기로 했다. 왕씨를 찾으라는 말밖에 없었지만, 가만히 앉아 있다고 콩고물이 떨어지는 게 아니다.

무태의 관심을 밖으로 돌리는 이유도 다분히 있었지만 말이다. 난주의 밤거리는 낮보다 더 밝았고, 바쁘게 돌아갔다.

방문한 이들이 대부분 많이 찾는 곳은 홍등가였다. 물론 반사영 일행도 그 거리를 거닐었다.

—사영, 정보는 이런 데서 얻는 거야.

—개인의 욕심 때문이라면 그만두시죠.

—어허, 자꾸 나를 이상한 놈으로 만들지 말란 말이다.

반사영은 둘로 나뉘어서 이런저런 정보를 알아보기로 했다. 어디로 튈지 모르는 무태는 백리웅과 함께 다니기로 했다.

반사영은 단유하와 함께 조금 인적이 드문 거리를 돌기 시작했다. 어느 도시든 뒷골목이라는 세계가 존재한다. 그곳에는 도시에서 삼류라고 불리는 무리가 꼭 있기 마련이다.

"뭘 알아야 족칠 텐데."

"백염공에게서 연락이 오든가, 아니면 누군가가 저희 쪽으로 접근할 가능성도 충분히 있어요."

"기다리는 게 낫지 않을까."

"글쎄요. 어디까지나 그건 확실한 게 아니니까요. 저희들 힘으로 알아볼 수 있는 데까지는 해 봐야죠."

일단 난주라는 도시를 잘 아는 사람이 필요했다. 발품을 판 결과로 얻어 낸 것은 흑룡방이라는 곳이 감숙성 돌아가는 사정을 가장 잘 알고 있다는 것이었다.

반사영과 단유하는 도시 외곽의 후미진 골목길로 접어

들었다.

"사영."

"그녀 곁에서 있던 남자."

모모방이 자리를 잡고 있다는 곳의 입구를 낮에 봤던 묘령의 여인을 호위하고 있던 사내가 지키고 서 있었다.

"왜 자꾸 마주치는 거야."

"기분이 좋은 걸 그런 식으로 표현하는 거냐."

무태가 없으니 반사영을 놀리는 것을 단유하가 책임지기라도 한 듯했다.

"그럴 리가요."

반사영이라고 여자에 대해 관심이 없을 리가 없다. 그것도 그녀처럼 미색을 뛰어난 여인이라면 말이다.

하지만 거기에 정신이 팔려 있을 시간이 없었다.

"어쩔 거야."

"우리가 저들 눈치를 볼 필요는 없잖아요."

"오호, 빨리 그녀를 보고 싶다는 건가?"

"장난칠 때가 아니에요."

반사영과 단유하가 다가가자, 백의 무복을 입은 사내가 앞을 막아섰다.

"조금 뒤에 들어가시죠."

"싫다면?"

백의 무복을 입은 사내의 검이 반쯤 밀려 나왔다.

"지금은 안에 계신 분이 중요한 손님과 대화 중입니다."

"그래서 나보고 기다리라?"

"죄송합니다."

단유하는 평소와 다른 반사영의 태도에 고개를 갸웃거렸다. 지금 무작정 들어서지 않아도 되는 일이건만 괜히 떼를 쓰는 아이처럼 굴었다.

"이곳의 주인과 급한 볼일이 있습니다."

단유하가 두 사람 사이에 끼어 봤지만 소용이 없는 일이다.

어느새 백의 무복을 입은 사내의 검이 완전히 뽑혀져 나왔다.

"우리가 좀 기다리기로 하지."

"그럴 필요 없어요."

문이 열리고, 묘령의 여인이 나왔다.

"죄송해요. 긴히 나눌 말이 있어서 손님들에게 피해를 드렸네요."

낮의 그녀가 화사한 봄꽃 같았다면, 지금은 날렵한 여자 살수처럼 몸에 딱 붙는 검은 무복을 입고 있었다.

"무례를 사과드리렴."

여인의 말에 백의 무복을 입은 사내가 바로 반사영에게 고개를 숙였다.

반사영의 눈에 그런 게 들어올 리가 없었다. 지금 반사영은 가까이서 그녀를 보고 있다는 것에 정신이 팔려 있었으니까 말이다.

짙은 눈썹과 또렷한 이목구비만으로 그녀의 외모를 아름답다고 설명하는 건 옳지 못했다.

분명 그녀를 본 사람들이라면 누구라도 그렇게 생각할 것이다.

외모가 아닌 그저 풍기는 기운 자체가 사람을 홀리게 만드는 여인이다. 멀리서 봤을 때도 묘한 기분을 느꼈는데, 눈앞에서 보니 정신을 차릴 수가 없을 정도였다.

단유하가 반사영의 옆구리를 찔렀다.

"갔어."

"갔……어요?"

"응, 안으로 들어가자."

"네."

반사영은 차마 뒤돌아보지 못하고 안으로 들어섰다.

퀴퀴한 냄새가 진동을 했다. 여기저기 먼지로 가득 찼고, 구석에는 거미줄까지 쳐져 있었다.

"방금 그 여자가 이런 곳에 들어왔다니. 참 어울리지가 않는구나."

"오늘은 손님이 많네."

실내 한가운데에는 살찐 중년인이 침상 비슷한 물건 위

에 누워 있었다.

"어떻게 왔수?"

"그쪽이 이곳의 주인입니까?"

"그렇수다."

"여기가 감숙성에서 벌어지는 일을 모르는 게 없다고 해서 왔소."

멍한 얼굴을 하고 있는 반사영 대신 단유하가 대화를 이끌어 나갔다.

"앉으슈."

중년인은 맞은편 의자를 가리켰다.

"누구를 좀 찾으러 왔습니다."

"허! 누구를 말이오."

"그게……."

단유하가 말끝을 흐리며 반사영을 쳐다봤다.

일단 사람을 찾기 위해 오긴 왔지만 막상 입 밖으로 꺼내려니 민망해졌다.

"왕씨……."

아직도 멍한 얼굴을 하고 있는 반사영 대신 어쩔 수 없이 단유하가 말했다. 하지만 부끄러운지 기어 들어가는 목소리였다.

"누구?"

"왕씨라고……."

"왕씨? 별일이 다 있네. 방금 전 어떤 손님도 왕씨를 찾아 달라는 의뢰를 하고 갔는데."

"……!"

"뭐, 뭐라구요?"

중년인의 소리에 반사영은 정신이 번쩍 들었다.

"방금 어떤 여인이 왕씨를 찾으러 왔수다. 내 참, 어이가 없어서. 난주가 무슨 코딱지만 한 동네도 아니고, 찾는 사람 이름을 물었더니 왕씨라는 것만 안다고 그러고. 뭐, 나랑 장난치자는 건지."

—대체 그 여자가 왜 왕씨를 찾는 거지?

—글쎄요…… 게다가 우리처럼 왕씨라는 거 말고는 모르는 것 같은데.

—그러게, 흐음…….

"그 여인이 제시한 금액이 얼마입니까."

"은 열 냥이오."

"거기에 세 배 드릴 테니, 저희에게 먼저 알려 주십시오."

다급한 반사영의 말에 중년인은 코웃음을 쳤다.

"아니, 덮어놓고 왕씨를 찾아 달라고 그러니. 내 원 참, 왕씨 성을 가진 녀석들을 알아보면 되는 거요?"

"네, 왕씨 성을 가진 자들. 그들이 사는 곳과 직업이 뭔지를 좀 알아봐 주십시오."

중년인은 한숨을 내쉬더니 알겠다고 하며 반사영 일행을 돌려보냈다.

　　"뭐시라!"
　　"쉿!"
　　"목소리가 너무 커요."
　　"내가 지금 조용조용 말하게 생겼어? 그 이쁜이가 우리랑 같은 목적을 지니고 있다는데! 엉?"
　　무태는 이성을 잃은 사람처럼 광분했다.
　　"그 여자가 우리랑 같은 목적이라는 게 그렇게 흥분할 일이에요?"
　　"당연하지. 그 곱상한 얼굴을 지닌 여자가 무림인이라는 것 아니냐. 이런 썩을……."
　　"그러니까 그게 뭐가 어쨌다는 건데요."
　　"그냥 기분이 나쁘다! 어쩔래!"
　　무태가 반사영의 멱살을 쥐어 잡고 흔들었다.
　　"정말 이상하네. 왜 왕씨를 찾을까. 그자가 대체 누구이기에."
　　"빌어먹을, 그냥 누구를 만나라고 하면 될 것이지. 무슨 수수께끼도 아니고. 왕씨가 한둘이야?"
　　"백염공을 만나면 형님이 가장 불만이 많았다고 전해드리죠."

"못 들은 걸로 해라. 난 잘 테니까."

"흐음."

어디까지나 왕씨를 찾는 그녀의 목적은 알지 못했지만, 자신들이 먼저 왕씨라는 사람이 누구인지 알아야만 했다.

왜 왕씨를 만나야 하는지 이유는 모르지만, 그가 천마교의 흔적을 찾는 데 결정적인 역할을 할 것이라는 것쯤은 예상할 수 있었다.

그렇기에 정체를 알 수 없는 묘령의 여인보다는 먼저 그를 찾아야만 한다.

지금으로서는 그게 가장 중요한 일이었다.

반사영은 침상에 누워 눈을 감았다.

하지만 자꾸만 그녀의 얼굴이 떠올라 쉽게 잠이 오지 않았다.

'대체 왜 이러는 거냐, 사영.'

오늘 처음 본 여인이다.

자신이 이런 반응을 보일 정도로 뭔가 대단한 인연이 아님을 알면서도 반사영은 뭔가에 홀린 기분이 들었다.

'젠장.'

도무지 알 수 없는 이 감정에 반사영은 가슴이 답답해져만 갔다.

"대체 뭐냐고!"

"으헉! 왜, 뭐야!"

버럭 내지른 고함 소리에 코를 골며 잠들어 있던 무태가 기겁을 하며 몸을 일으켰다. 하지만 다시 잠잠해지니 눈을 감고 잠을 청하는 무태였다.

"좋은 말할 때 가라."
"싫습니다."
"가라."
"싫습니다."
"꼴에 단주라 이거냐?"
"물론이죠."
반사영이 단호한 표정으로 말했다.
"설득 좀 해 보시죠. 형님이 말하면 좀 알아들으니."
"흠, 흠. 사영. 네가 우리 중에서 가장 은신술이 뛰어나지 않냐. 그렇지?"
"뭐, 그렇긴 하죠."
"그러니 너보고 가라는 거다."
반사영의 입장에서 자신을 바라보는 세 사람의 눈빛은 지극히 부담스러웠다.
아침에 눈을 뜨자마자 이들 세 사람이 반사영을 달달 볶는 이유는 한 가지였다. 그녀의 뒤를 미행하라는 것이다.
반사영은 당연히 거절했다.

그녀를 미행하는 일에 자신이 없어서 그런 건 아니다. 은신술을 펼치는 건 극도의 집중력이 필요한 일이다.

혹여 그녀에게 시선을 팔다가 자신의 존재를 들켜 버릴 수가 있었다.

그녀의 호위무사의 무공이 예사롭지 않다는 건 처음 본 순간 알고 있었으니까 말이다.

그런 자가 호위를 맡고 있는 이상 쉬운 일이 아니었다.

하지만 그녀가 혹시라도 왕씨를 찾거나 하는 일을 알려면 반드시 뒤를 밟을 필요가 있었다.

그 적임자가 자신만 한 사람이 없다는 것도 알고 있었다.

하지만 망설여지는 것은 어쩔 수가 없었다.

"잘 다녀와라!"

"들키지 말고. 쪽팔리니까."

"몸조심해라."

하나같이 표정들이 밝았다.

반사영은 죽상을 하고 어쩔 수 없이 창틀에 올라서야만 했다.

"대낮에 이 짓거리를 하는 건 또 처음이네. 빌어먹을."

"아가씨."

"응?"

모용혜(慕容慧)는 천무하(千武河)를 바라봤다.

"그자가 과연 이 도시에 있을까요."

"그렇겠지? 아버지가 늘 그러셨어. 어려운 일이 생기면 꼭 그 사람을 찾으라고. 여기에 없어도 뭐 언젠가는 만날 수 있겠지."

"그자를 만난다고 지금의 상황이 크게 나아진다는 보장도 없잖아요."

모용혜의 왼쪽에 서 있는 천아영(千我英)이 말했다. 그녀는 모용혜보다는 앳된 얼굴이었다.

"아니, 그냥 느낌일 뿐이지만 그 사람을 만나면 뭔가 해결책이 보일 거야."

"하지만 우리가 아는 건 난주에 사는 왕씨라는 것 말고는 없잖아요."

"그래도 상관없어."

"하지만……."

천아영이 입을 비쭉 내밀고 말끝을 흐렸다.

"알아, 지금 내가 오래 자리를 비우면 안 된다는 것쯤은."

"그 살쾡이 같은 것들이 이번 기회를 잡아 아가씨의 자리를 빼앗을 거라구요."

"아영, 입 조심해라. 아가씨의 자리는 그 누구도 넘보지 못한다."

"그러셔? 어디 그자들이 안 그러나 보자."

천무하가 매섭게 쳐다봤지만, 천아영은 콧방귀만 뀔 뿐이었다.

외모는 그렇게 닮지 않았지만 두 사람은 같은 피를 이어받았다. 남매였던 것이다.

"그래도 아직은 여유가 있어. 아버지를 따르던 세력들이 여전히 건재하고 있는데다가 그들이 내 자리를 당장 빼앗기 위해 달려들 수는 없을 거야."

"하여튼 조금만 여기서 찾아보다가 만나지 못하면 돌아가셔야 해요. 아셨죠?"

"알겠어."

옆에서 재잘거리는 천아영을 보며 모용혜는 기분이 좋아졌는지 웃음을 머금었다.

"오늘은 어제 가 보지 못한 곳들을 구경 가요. 제가 슬쩍 봐 둔 장소가 있어요."

천아영은 어린아이처럼 신이 나 모용혜를 잡아끌었다.

'뭐야, 오늘 또 구경만 다니는 건가?'

저 멀리서 모용혜 일행을 지켜보고 있던 반사영은 맥이 풀리는 것 같았다. 오늘 꼭 저들이 뭔가 왕씨를 찾는 일에 중요한 단서를 찾을 거라고는 생각하지 않았다.

하지만 저렇게 평화롭게 도시를 구경하는 걸 지켜보고 있자니 착잡한 마음이 들었다.

'이 인간들은…… 편히 쉬고 있겠지?'

반사영은 늦은 시간이 되어서야 일행들에게 돌아올 수 있었다.

"너 눈이 왜 그래?"

반사영은 떠났을 때와는 달리 급격하게 피로해진 얼굴을 하고서 돌아왔다. 눈은 퀭하고 얼굴은 하얗게 질려 있었다.

"지독해요. 지독해. 오늘 하루 종일 난주 전체를 돌아본 것 같아요."

"왕씨를 찾는 게 아니고?"

"네."

반사영은 더 이상의 설명을 할 수가 없었다. 하루 종일 누군가를 뒤에서 쫓는다는 건 엄청난 육체적 피로가 동반되는 일이었다.

하지만 모두가 잠든 밤 시간이 됐을 때, 반사영의 눈이 슬그머니 떠졌다.

'이것들은 또 뭐냐.'

살금살금 객잔 주변으로 서서히 다가오는 무리들 때문에 반사영의 눈이 떠진 것이다.

피곤에 곯아떨어진 반사영이었지만, 잠이 든 와중에도

늘 예민하게 신경을 곤두세우는 것이 버릇이 되었다.

아무래도 혈해도에서부터 생긴 버릇이었다.

다른 동료들도 마찬가지였다. 혈해도에서의 생활이 아니었다면 아마 반사영만이 눈치챌 수 있을 정도의 기척을 다른 이들도 똑같이 느꼈다.

"아…… 네가 다녀와라."

"이번에는 다른 분들이 가시죠."

반사영은 이번만큼은 나갈 생각이 없었다.

"내가 다녀오지."

의외로 지원자가 있었다.

"형님이요?"

"잠도 안 오고 해서."

백리웅은 무태가 말릴 새도 없이 재빨리 창밖으로 몸을 날렸다.

"뭔 일이지."

"진짜 잠이 안 오나 보죠."

백리웅은 일각 뒤에 다시 돌아왔다.

"누가 보내서 왔답니까?"

"여러 명이었는데 그중 한 명밖에 못 잡았어. 그런데 그놈마저 자결하는 걸 막지 못했다."

"혈해도를 나오고, 우리에게 저런 식으로 접근해 왔던 자들은 없었는데."

"우리가 아닐 수도 있어요."

"응?"

"우리가 아닐 수 있고…… 암살이 목적일 수도 있겠지만 감시를 하기 위한 걸 수도 있을 테죠."

"어쨌든 알아낼 방법은 없으니 자던 잠이나 잡시다."

"에…… 그러니까."

중년인이 의뢰를 받아 찾아본 목록을 받아 든 무태는 난감한 얼굴을 하고 있었다.

"왕씨라는 자가 총…… 열 명?"

"뭐…… 친척에 친척까지 합한 숫자니까. 많은 숫자는 않을 거유."

"이것 참."

무태는 목록을 뚫어져라 쳐다보며 한숨을 내쉬었다.

"수고하셨습니다."

반사영이 값을 치러 주고는 중년인을 돌려보냈다.

목록에는 사는 위치와 직업, 그리고 이름이 상세히 적혀 있었다.

그자들을 일일이 만나는 것만으로도 며칠이 지날 것 같았다.

"차라리…… 그 여인네하고 합동해서 찾는 게 빠르지 않을까?"

"미쳤군요. 드디어."

"아니면 말고."

반사영과 무태가 숙소로 돌아왔을 때, 객잔 점소이가 말을 걸어왔다.

"일행 두 분께서 잠깐 외출을 다녀온다는 말을 전해 달라고 하셨습니다."

"이 인간들이 지들끼리만 어딜 간 거야."

혹시라도 두 사람이 자신들만 빼놓고 좋은 곳으로 놀러 가지는 않았을까 무태는 의심을 했다.

"그런데 여기 적힌 이들에게 다가가서 뭐라고 하지."

"그러게요."

한두 명도 아니고, 그자들에게 다가가서 천검맹에서 왔다고 할 수도 없는 노릇이다. 게다가 가장 중요한 것은 왕씨라는 인물이 아군인지, 적군인지조차 알 수가 없다는 점이다.

"일단 밖으로 돌아다녀 보죠."

간단하게 점심을 먹은 두 사람이 객잔을 떠났다.

"포목점 주인 왕중."

"k.."

가장 가까운 위치에서 포목점을 운영하고 있는 왕씨를

멀리서 바라보던 반사영과 무태의 얼굴이 별로 밝지 못했다.

어떻게 접근해야 하는지를 아직 결정 내리지 못했기 때문이다.

"대체 일을 어떻게 하라는 건지."

"그러게 말이다."

반사영과 무태는 왕중에게로 가까이 다가갔다. 물건을 고르는 척하면서 반사영이 자연스러운 대화를 이끌어 나갔다.

하지만 뭔가 이렇다 할 만한 걸 얻어 낼 수는 없었다. 암호 구호라도 있었다면 차라리 나았을 것이다. 그러나 알고 있는 거라고는 왕씨라는 것 하나뿐이다.

"아…… 사영."

"왜요."

"자꾸 어떤 잡놈이 우리 뒤를 밟는다."

"알고 있어요."

"그런데 왜 그냥 두냐."

"그놈이거든요."

"아는 놈이야?"

"형님이 꿈에서나마 그리던 묘령의 여인 옆에 있던."

"그 비쩍 마른 놈?"

반사영이 씩 웃으며 고개를 끄덕인다.

"아무래도 우리가 중간에 정보를 먼저 낚아챘다는 걸 알아차린 모양입니다."

"크큭, 열 좀 받아 있겠구나."

"우리를 죽이려고 달려들지도 몰라요."

"하, 겁먹을 줄 아냐."

반사영과 무태는 일부러 인적이 뜸한 골목으로 방향을 틀었다.

"미행하는 게 서툴군요."

여유 있게 말했지만 반사영은 내심 긴장을 하고 있었다.

눈앞으로 모습을 드러낸 사내가 얼마만큼의 고수일지는 미지수였기 때문이다. 그리고 그가 일부러 기척을 흘려보냈다는 것도 알고 있었다.

"당신들 정체가 뭐야."

"어라, 그건 우리가 물어볼 질문인데."

"당신네들이 왜 왕씨라는 사람을 찾는 건지 들을 수가 있다면, 우리도 답을 해 드리죠."

"불가."

천무하는 굳은 얼굴로 그렇게 짧게 말을 내뱉었다.

"호오."

무태는 마치 귀여운 동생의 재롱을 보는 듯이 천무악을 대했다.

"꼬마야, 중간에 우리가 정보를 낚아챘다고 하더라도 이러면 곤란하다."

―만만한 사람이 아니에요. 섣부르게 다가갔다가 큰일 납니다.

―나도 알고 있어, 인마.

하지만 무태의 신형은 어느새 천무하에게로 쏘아져 나가고 있었다.

팔황권, 파천황!

"으아아악!"

무태의 주먹이 쉬지 않고 천무하에게 쏟아졌다. 인정사정 보지 않고 휘두르는 그의 주먹에 스치기만 해도 피부가 나가떨어질 것이 분명했다.

반사영은 무태와 맞서는 사내의 표정을 살폈다. 무태 정도 되는 거한이 저렇게 덤벼들면 대개 당혹스러워하는 게 자연스러운 일이었다.

하지만 사내는 자신의 감정을 겉으로 드러내지 않고 있었다.

너무나 무덤덤하게 무태의 주먹을 피하고 있는 모습이 반사영을 긴장하게 만들었다.

동시에 피가 뜨거워짐을 느꼈다. 검을 겨뤄 보고 싶다는 의지가 피어오른 것이다.

반사영에게는 처음 있는 일이었다.

자신의 무공을 시험해 보고 싶다거나 상대의 목숨을 끊기 위해 검을 휘둘러 온 적은 있었다. 하지만 지금처럼 순수하게 무공을 겨뤄 보고 싶은 마음이 든 것은 처음 있는 일이다.

그만큼 사내의 무공은 예상을 할 수 없을 정도였다. 사실 무태는 절정 무인들과 겨뤄도 뒤지지 않을 수준에 다다라 있었다.

그런데 사내는 무태를 상대함에 있어 지나칠 정도로 여유를 보인다.

마치 한참이나 능력이 뒤떨어지는 제자를 상대하는 사부의 몸놀림이었다.

웃지도 그렇다고 인상을 쓰지 않는 그의 표정은 더욱 반사영을 긴장하게 만들었다.

팔황권, 벽력파황!

우르릉.

쾅, 콰콰쾅!

사내의 머리를 박살 내기 위해 무태의 주먹에서 벼락이 쏟아져 내렸다. 하지만 사내의 검막을 뚫을 수는 없었다.

검막을 펼칠 정도의 고수.

반사영은 더 이상 무태 혼자서 상대하게 내버려 둘 수가 없었다.

—멈춰라. 이놈 내가 끝낸다.

무태의 전음은 반사영의 발걸음을 꼼짝도 못하게 만들었다. 지금 자신과 합공을 한다면, 무태의 자존심을 상하게 할 것이다.

상대를 죽이기 위한 상황에서의 합공은 여러 차례 해왔었다. 하지만 지금의 무태는 그런 합공이 마음에 들지 않는 것이다.

반사영은 이해할 수 있었다.

자신이 나서지 않으면 두 사람 중에 쓰러지는 건 무태일 거라고 반사영은 예상할 수가 있었다.

피떡이 된 무태를 들쳐 업은 반사영을 보자마자 백리웅과 단유하의 눈이 휘둥그레졌다.

"일이 좀 있었어요."

자초지종을 듣는 것보다 무태의 상처를 치료하는 일이 급선무였다.

치료를 다 마친 무태가 고개를 푹 숙였다.

"미안하다. 내가 오기를 부리는 바람에……."

무태답지 않게 기가 죽어 있었다.

"비록…… 무림이라는 곳을 많이 알지는 못하지만, 그자의 무공은 좀 색달랐어요."

"맞아. 뭐랄까…… 이지적이었어."

"그럼 새외의 인물이라는 소린데."

"단정 짓기는 좀 그래요."

"어쩐지, 점소이가 그 일행이 오늘 아침에 방을 비웠다더라."

단유하가 위층을 가리키며 말했다.

"도대체가 정체가 뭐냐고!"

"그날 뭐 좀 알아낸 거 없어?"

"그들도 우리처럼 왕씨를 꼭 만나야 하는 것 같았어요. 그것 말고는 딱히."

"빌어먹을."

"왜? 인사 한 번 못해 보고 그녀가 떠나서 서운해?"

"말 같지 않은 소리 마라. 이 꼴을 하고서 그런 생각을 하고 있겠어, 내가?"

무태는 상처가 욱신거리는지 급히 입을 다물었다.

"그나저나 우리는 어쩌냐."

단유하는 바닥에 벌러덩 누웠다.

"이건, 뭐. 왕씨를 만나서 어쩌라는 건지."

답답한 상황이었다. 여유 있게 기다릴 수도 있었지만 생각지도 못하게 자신들과 같은 인물을 찾는 무리가 있다는 걸 알고 나서부터는 조급한 마음이 들었다.

"어쩔 셈이냐."

어디까지나 살야단의 단주는 반사영이다.

앞으로의 진행 방향을 반사영이 결정 내려야만 했다.

"흠……."

반사영이라고 뭔가 뾰족한 방법이 있는 건 아니었다. 머리가 좋다고 해도 너무 어려운 문제였다.

"왕씨를…… 찾는 것보다 그녀를 찾는 게 빠를 수도 있는 일이에요."

"그 말은……."

"지금 당장 찾아봐야 돼요."

갑자기 반사영이 자리를 박차고 일어섰다.

"난주를 다 뒤진다고? 이 시간에?"

"못할 게 뭐가 있냐. 막연하게 왕씨인가 뭔가를 찾는 것보다 그 여자를 미행하는 게 더 빠를지 모르지. 어쨌든 그 여자도 왕씨를 찾는다니까."

"지가 안 한다고 쉽게 말하기는."

"어구, 허리야."

무태는 엄살을 떨며 돌아누웠다.

"웅이 형님이 무태 형님을 좀 보살펴 주세요."

"아, 됐어. 그냥들 나가. 좀 쉴 테니까."

무태가 손을 내저었다.

혼자 두기에는 좀 그랬지만, 지금은 한 명이라도 더 필요하기에 어쩔 수가 없었다.

"너무 긴장 풀지 말고 잘 쉬어요. 다녀올 테니."

"오냐, 그리고 꼭 찾아라! 그 여자."

"후훗, 노력해 보죠."

반사영이 가장 먼저 한 일은 감숙성의 지도를 구하는 것이었다. 그런 물건을 정상적인 경로로 구하기란 불가능한 일이다.

하지만 돈과 뒷골목 사정만 잘 안다면 못 구할 것도 없었다. 한 장의 지도를 구해 정확히 삼등분했다.

"각자에게 주어진 곳은 모조리 뒤져야 해요."

"시간은?"

"이틀. 그때까지도 그녀의 흔적을 못 찾으면 숙소로 돌아오기로 하죠."

"좋아!"

"발견하면 아주 조용하게 뒤를 밟아야 해요. 절대 무리해서는 안 돼요. 그 호위무사 놈이 보통이 아니니까."

"너무 걱정하지 마."

"네, 그럼 지금부터 찢어지죠."

반사영은 마음이 조급해졌다.

그녀가 왜 왕씨를 만나려고 하는지 모르지만, 그 목적을 자신들보다 먼저 이룬다면 이번에 난주에 온 계획이 틀어질 게 뻔했기 때문이다.

난주의 객잔은 총 일곱 개였다.

분명 그쪽에서도 자신들이 왕씨를 찾고 있다는 걸 그 중년인에게 들어서 숙소를 옮겼을 것이다. 일단은 자신에게 할당된 세 곳의 객잔을 모조리 뒤져야 했다.

하지만 아무리 찾아도 그녀를 찾을 수가 없었다. 반사영은 가장 높은 전각으로 올라갔다. 그리고 어제 그녀가 일행들과 함께 돌아다녔던 장소들을 하나하나 씩 떠올렸다.

머리로 그 장소를 되뇌며 그녀가 걸었던 동선을 따라 움직였다. 그리고 그들이 나눴던 대화들을 최대한 생각해 내려 애썼다.

'혹시.'

분명 왕씨를 찾지 못하면 난주를 떠난다는 대화를 나눴다. 생각이 거기에 미치자 혹시나 하는 마음으로 성문이 있는 곳으로 몸을 움직였다.

반사영의 예상이 맞았다. 그녀는 막 난주의 성문을 벗어나고 있었다.

'떠날 생각인가.'

아니면 왕씨를 이미 찾았을 수도 있는 일이다.

반사영은 일단 그녀를 뒤쫓기로 했다.

"우리가 난주로 올 거라고 어찌 알았을까요."

"수십 년을 밖에서 홀로 살아왔지만 명색이 아버지가 믿는 분이시니까."

"어떻게든 내부의 소식을 전해 주는 사람이 있었다는

얘기겠네요."

"그렇겠지."

모용혜는 상기된 얼굴을 하고 있었다.

"그런데 그자들은 뭔데 우리처럼 왕씨를 찾는 건지를 알았어야 했는데."

천아영이 천무하를 노려보며 말했다.

그 눈빛에는 천무하의 무능력을 탓하는 게 다분히 섞여 있었다.

천무하로서는 할 말이 없는 일이었다.

하지만 거한의 사내와 비쩍 마른 사내의 수준은 차원이 달랐다. 기억에 남는 거라고는 핏빛 검기가 쏟아지던 것뿐이다.

조금만 도망치는 걸 미뤘다면 죽거나 반병신이 되었을 것이다.

그만한 고수를 만나는 것도 천무하로서는 오랜만이었다.

이미 열네 살이라는 나이에 가문 대대로 내려오는 무공의 이치를 깨달은 천무하였다. 그런 그가 인정할 만한 사람을 난주에서 만날 거라고는 생각지 못했다.

"너무 무리하지는 마시죠, 아가씨."

"헤헤, 아가씨가 그렇게 흥분해 있는 모습은 오랜만이에요."

자신을 살갑게 대하는 천아영의 행동에 모용혜가 살며시 미소를 머금었다.

천아영은 그녀의 미소가 참 아름답다고 새삼 느꼈다. 같은 여자가 봐도 그녀에게서는 범접치 못할 기품과 매력이 느껴졌다.

모용혜의 걸음은 점점 빨라졌다.

야산으로 접어들자, 천무하는 평소보다 더 긴장을 유지했다. 그 누가 나타나더라도 재빨리 반응할 수 있게끔 내공을 잔뜩 끌어 올렸다.

그건 천아영도 마찬가지였다.

오빠인 천무하에 비해 한참이나 떨어지는 수준이지만, 그녀도 그 나이에 오르기 힘든 경지에 올라 있었다.

충분히 모용혜를 호위할 만큼은 되었다.

"분명 여긴데."

모용혜가 빈 공터에 도착했는데, 아무도 없자 주변을 둘러봤다.

커다란 소나무들이 빙 둘러싸고 있는 장소.

"맞습니다. 여기가."

어떤 기척을 느꼈는지 천무하가 주변을 살폈지만, 아무것도 존재하지 않았다.

"끌끌끌, 아주 미인이 됐구나."

밤하늘 위에서 뭔가가 툭, 하고 떨어져 내렸다.

"……!"

반사적으로 천무하와 천아영이 검을 뽑아 들고 모용혜의 곁으로 바짝 다가왔다.

"아…… 저씨?"

"끌끌끌."

모용혜를 보며 웃고 있는 사람은 놀랍게도 백염공 아룡이었다.

모용혜도 아룡을 알고 있는 듯했다.

"어, 어떻게 아저씨가…… 설마 아저씨가 왕씨?"

"나도 안다. 왕씨가 촌스럽다는 것쯤은. 물론 네 아버지가 그따위 이름을 지었지만 말이다."

"말도 안 돼요. 아저씨는 분명 돌아가셨다고 아버지께서 그러셨는데."

"그 망할 놈이 그랬어?"

모용혜는 귀신이라도 본 사람처럼 눈을 동그랗게 뜨고 아룡의 위아래를 살폈다.

"직접 보고도 못 믿는 게냐?"

모용혜는 멍한 얼굴로 고개를 끄덕였다.

"끌끌, 네가 천중악의 아들놈이냐?"

아들놈이라는 소리에 천무하의 눈썹이 일그러졌지만 이내 곧게 펴졌다.

모용혜의 아버지를 망할 놈이라고 부르는 사람에게 대

들 만큼 천무하의 배짱이 두둑하지는 않았다.

"표정이 영…… 아니올시다네."

"아닙니다."

"끌끌, 딱 봐도 천중악의 아들임을 알아볼 수가 있겠어."

"우리 아버지를 알아요?"

"천중악에게 너처럼 예쁜 딸이 있었더냐?"

"어머, 기분이 나쁘진 않네요. 하긴 아버지 딸이라고 하기에 제 미모가 너무나 뛰어난 건 사실이죠."

"*끌끌끌*."

"아버지가 돌아가신 걸 알고 계셨어요?"

자신들에게 먼저 연락을 해 온 건 아룡이었다. 감숙성 난주로 자신들이 찾아왔다는 걸 알고 있었을 것이다.

"그래, 알고 있었지. 그래서 너를 기다린 것이고."

"그랬군요. 아버지께서 늘 어려운 일이 생기면 왕씨라는 사람을 찾으라고 하셨어요. 그게 아저씨일 줄은 몰랐어요."

"그 녀석이 죽었다는 소식을 듣자마자 네가 올 것 같아 기다리고 있었던 거지."

"후우, 왕씨가 아저씨라니 정말 다행이에요."

모용혜는 긴장이 풀렸는지 표정이 한결 밝아졌다.

"그런데 왜 아버지는 아저씨가 돌아가셨다고 그러신

거죠?"

"그건 설명하자면 길다. 일단은 다시 만날 장소를 정하
자꾸나."

"알겠어요."

'대체 뭐가 어떻게 돌아가는 거야.'

반사영은 쿵쾅거리는 심장을 진정시키느라 정신이 없었
다.

지금 저 여인이 만나고 있는 사람이 자신이 너무나 잘
알고 있는 자라는 것을 알아 버렸기 때문이다.

백염공 아륭.

도대체 저 인간이 왜 이 자리에 나타나 저 여인과 만남
을 갖는지 반사영은 답답하기만 했다.

워낙 멀리 떨어져 있어서 그런지 반사영에게 그들의 대
화 내용은 들리지 않았다.

"그만 나와, 인마!"

묘령의 여인을 돌려보낸 아륭이 반사영이 있는 방향을
쳐다봤다.

반사영이 숨어 있다는 걸 진작에 눈치채고 있었던 것이
다.

반사영은 이대로 조용히 사라질까도 생각해 봤지만 자
초지종을 듣고 싶다는 마음이 더욱 크게 작용했다.

"끌끌끌."

"뭡니까. 왜 저 사람들과 이런 곳에서 만나고 계신 거냐구요."

"내가 네깟 놈에게 시시콜콜 다 보고하고 다녀야 하는 거냐?"

"그건 아니죠."

"그러는 너야말로 왜 쥐새끼처럼 숨어서 저 아이들을 따라다니는 것이냐."

반사영은 지금까지의 상황을 간략하게 설명했다.

"저 아이들도 왕씨를 찾고 있었다?"

"네. 위지청이 저희에게 내린 임무였습니다. 난주에서 왕씨를 만나라고."

"그런 수수께끼 같은 임무를 위지청이 내렸다고?"

"그럼 백염공께서 내린 명령이라는 겁니까?"

"아닐 건 또 뭐냐."

"뭐라구요?"

얼굴을 구기던 반사영의 표정이 굳어졌다.

"설마…… 백염공이 왕씨라고 말하고 싶은 건 아니겠죠."

"끌끌끌."

아릉은 웃기만 할 뿐이었다.

"……!"

"왕씨를 찾으라는 임무를 내린 건 위지청이 맞을 것이다."

"그러니까 그 왕씨가 백염공은 아니겠죠."

"글쎄다."

"그렇게 장난칠 문제가 아니란 말입니다."

"내가 왕씨라면 어쩔 것이냐."

"그 왕씨가 아군인지, 적군인지조차 몰라요. 지금은."

아룡은 한참 동안 뭔가를 생각하더니 입을 열었다.

"어차피 산은 내려가야 하니 걸으며 이야기를 해 주마."

아룡이 앞장서서 걷자, 반사영이 그의 뒤를 따랐다.

"어디서부터 이야기를 해야 하나."

뭔가 중요한 이야기를 꺼내려는지 아룡의 목소리가 무겁게 가라앉아 있었다.

"일단 살야단이 찾아야 했던 인물 왕씨가 나인 건 사실이다."

그 말을 들은 순간 반사영의 걸음이 멈췄다.

"미치겠네."

지금의 심정을 한마디로 표현하면 그랬다.

백염공 아룡이 왕씨인 줄도 모르고 난주를 이 잡듯 뒤지고 다닌 것도 억울한데, 당사자는 아무렇지 않게 말을 하니 화가 치밀어 오를 수밖에 없었다.

"그리고 너희들에게 임무를 하달한 건 위지청이고."

"그 사람은 모르겠군요. 백염공이 왕씨라는 건."

"그럴 테지. 그 왕씨라는 자가 과거 천마교의 요직에 있던 사람이라는 것만 알 뿐이야."

"……!"

"놀랐냐?"

"백염공의 말이 모두 사실이라면 말이죠."

"벌써부터 놀라면 어쩌냐. 아직 더 비밀스럽고, 기가 막힌 이야기가 많이 남았는데."

아룡은 반사영을 산 근처 작은 마을로 데려갔다. 방 한 칸을 얻는 일이란 쉬웠다. 은자 두어 개면 충분했다.

"앉아라."

반사영은 허름한 내부를 한차례 둘러보다가 아룡의 앞에 앉았다.

"지금부터 내 이야기를 잘 들어라."

"그러죠."

"너도 알다시피 천마교는 세상에서 지워지지 않았다. 아직도 음지에서 활발하게 활동을 하고 있지."

"그 활동은 천검맹을 무너트리기 위한 준비겠죠?"

"맞다. 사람들은 백 년 전에 혈해도의 혈전을 마지막으로 천마교가 멸문지화를 당했다고 알고 있지. 하지만 단 한 명만이 살아남았다."

"백염공이 준 책들 중에 그런 내용이 있었죠. 무영신군이라고."

"그래, 그 무영신군만이 살아남았지. 그는 천마교 교주의 그림자 같은 존재였다. 그리고 네가 익히고 있는 무영살검류의 창시자이기도 하지."

반사영은 아룡의 말을 단번에 알아들을 수가 없었다. 이 양반이 지금 무슨 헛소리를 하는 건지 알 수가 없는 노릇이었다.

"쉽게 말해 너와 너의 아버지 반적풍이 천마교 최고의 살수이자 호위무사였던 무영신군의 후예라는 소리다."

"아, 아버지를 알아요?"

무영살검류를 알고 있다. 그리고 아버지의 성함도 알고 있었다.

"물론이지. 나 또한 천마교의 사람이니까."

"……!"

아버지를 알고 있다는 것도 모자라 아룡 스스로가 천마교의 사람이라는 사실은 들은 순간, 반사영의 머리가 혼란스러워졌다.

"어떻게…… 그럴 수가 있죠? 분명 아버지는 천령군 소속이신데."

"천마교 소속 고수들이 모조리 도륙을 당하고, 무영신군이 선택한 방법은 소수의 점조직으로 명맥을 이어 가는 것이었다. 그리고 그 소수의 힘을 극대화시키기 위해서는 세작 활동이 필연적으로 필요했던 거지. 그리고 점차 예전의 천마교의 기틀을 마련하기 시작했지. 물론 그 속도는 아주 느렸어. 그때는 천검맹이 천마교와 털끝만큼의 연관만 있어도 끌고 가서 죽여 버렸으니까."

위지청에게 들은 말이 떠올랐다.

지금 천검맹에서 믿을 수 있는 건 위지강과 자신뿐이라고.

천마교의 세작들이 이미 천검맹 여기저기에 깊게 뿌리를 내리고 있다고 말이다.

"무영신군은 제자를 한 명밖에 두지 않았다. 천마교의 틀을 다시금 잡는 일은 다른 이들에게 맡기고, 무영신군은 제자를 키우고 세작들을 진두지휘해 나갔지."

반사영의 표정을 살핀 아륭이 잠깐 말을 멈췄다가 다시 이어 나갔다.

"반적풍은 무영신군의 맥을 이은 세 번째 사람이었지. 그리고 반적풍이 천령군으로 들어간 건 철저히 계획적이었어. 당시에는 천검맹이 마도련과의 전쟁 중이었고, 그 틈을 노려 백건영웅대의 대주 자리를 꿰찬 인물이 바로 너의 아버지다."

"하……."

반사영인 머리가 핑 돌 지경이었다.

정말로 믿기지 않는 말만 내뱉고 있었다.

지금의 용호방 방주가 백건영웅대의 부대주였고, 대주라는 사람의 신분을 알 수 없었다는 이야기를 무태에게서 들었다.

그리고 마도련과의 전쟁에서 공을 세운 대주라는 사내는 나타났던 것처럼 홀연히 자취를 감췄다고 했다.

"반적풍은 대주 자리에 앉아 마도련과의 전쟁에서 이룬 공으로 천검제의 눈에 들어 천령군으로 들어간 것이지. 그것도 파격적으로 최연소 군장이라는 직위를 얻으면서 말이다."

"천령군 군장 무영존!"

"맞다. 그게 너의 아버지가 천검맹에서 차지하고 있던 직위다. 세작으로서는 최고의 위치로 올라간 셈이지. 위지강의 신임으로 최측근에서 호위를 함과 동시에 천검맹의 돌아가는 사정을 한눈에 알 수 있으니까 말이다."

"그게…… 정말입니까? 아버지가…… 제 아버지가 천령군의 군장이었다는 게?"

하지만 위지청은 자신에게 그런 말을 해 준 적이 없었다. 겨우겨우 얻어 낸 거라고는 아버지가 천령군 소속이었다는 것뿐이다.

"너와 위지청의 거래를 이미 알고 있었지. 네가 반적풍에 대한 걸 알기 위해서 살야단의 일을 하고 있다는 것도."

아룡은 반사영에게 생각을 정리할 시간을 줬다.

더할 이야기는 많았지만, 지금까지의 이야기만으로 반사영이 얼마나 혼란을 겪고 있는지를 충분히 예상할 수가 있었다.

"백염공께서 정말 천마교의 사람이신 겁니까."

"그래."

"그럼 저희에게 했던 백리천호와 관련된 이야기는 뭐였습니까. 백리천호도 천마교의 사람인데요."

"그 녀석이 천마교의 세작인 건 사실이지만, 내 아들이 아니었어. 하지만 위지청을 속이기 위해서는 아들이라고 했어야 했지. 백리천호는 그 녀석이 천마교를 배신하려는 걸 눈치채고 죽여 버린 것이고."

"그런 이야기를 왜 이제야 하는 건가요. 도대체 왜!"

"어쩔 수가 없었다. 위지청이 늘 너희를 관찰하고 있는 데다가 나의 존재를 일찍 드러냈다면 아마 혈해도에서 너희를 훈련시키는 일 따위는 없었겠지."

반사영은 지금의 상황이 어처구니가 없었고, 현실이 아닌 꿈처럼 느껴졌다.

"네 아버지를 죽인 놈을 알고 싶으냐."

반사영의 두 눈에서 살기가 뿜어져 나왔다.

"알고…… 계시군요."

반사영은 아직도 아버지가 돌아가시던 날을 잊지 못한다.

자신을 구하기 위해 처참하게 죽임을 당하던 그때의 모습을 말이다.

아버지를 죽이던 그 원수 놈의 얼굴도 선명하게 기억한다. 그가 누구인지를 알기 위해서 무림이라는 세상으로 뛰어들었고, 지금까지 오게 된 것이다.

"위지청이 천마교의 세작의 명단을 갖고 있다. 물론 너무나 정확할 정도지. 그가 그런 명단을 손의 넣을 수가 있었던 건 천마교의 세작이었던 놈의 배신 때문이다."

"아버지를 죽인 자가 그 배신자라는 소리군요."

"이름은 곽대우. 과거 반적풍과는 피만 다르지 호형호제하던 사이였고, 지금은 위지청의 곁에서 천마교의 세작을 처리하는 작업에 도움을 주고 있는 놈이지."

"곽……대우."

자신이 곽씨라고 부르던 사내. 그의 이름을 알고 나니 억눌러 왔던 분노가 몸 밖으로 터져 나오려고 했다.

"진정해라."

"지금 제가 진정하게 생겼습니까. 위지청의 손에 놀아났다는 걸 알았는데!"

자신의 손으로 아버지의 동료들이었던 자들을 죽인 것이 아닌가. 살야단의 이름으로. 위지청의 계략에 이용만 당한 것이다.

그 분한 마음을 표현할 방법은 없었다.

아룡은 반사영의 분노의 기운을 온몸으로 맞고 있는 중이었다.

살갗이 뜯겨져 나갈 것 같은 기세에 아룡도 혀를 내둘렀다. 반사영이 지금 느끼는 분노를 그도 실감 나게 느낄 수가 있었다.

"아직 내 이야기가 끝나지 않았다."

"더 듣고 말고 할 게 뭐 있습니까. 그 빌어먹을 두 놈을 죽이면 되는 것을."

"곽대우도 내가 왕씨라는 걸 모른다. 그저 왕씨라는 자가 과거 천마교의 사람이었고, 꽤 중요한 위치에 있었던 사람이라는 것밖에는."

"그래서요."

"나와 함께 천마교로 가지 않겠냐."

"위지청과 곽대우를 죽인 뒤에나 생각해 볼 일입니다."

"멍청한 놈! 힘 한 번 못 써 보고 뒈지고 싶은 게냐."

"그깟 놈들 죽이는 일이 어렵다고 생각해 본 적은 없습니다."

"미친놈. 아무리 네가 무영살검류를 익혔다지만 위지청은 이미 수년 전에 천검제의 능력을 뛰어넘은 천재다. 무공만 출중한 것이 아니라 수를 읽는 심계 또한 기가 막힌

녀석이다. 그런 자를 지금 이렇게 흥분한 상태로 찾아가
면 필패다."

하지만 반사영은 분을 식힐 수가 없었다.

모든 걸 다 알고 있으면서 자신을 농락했다. 그리고 아
버지를 죽인 집단이 천마교라고까지 하면서 자신을 가지
고 놀았다.

"아버지의 죽음에 위지청이 어디까지 개입되어 있습니
까."

"너희 아버지가 위지강을 암살했다."

"천검제를요?"

"그래. 본래 목적이었던 거지. 폐관에 든 그 무렵 반적
풍이 위지강을 암살하고 도망쳤던 거야. 그 과정은 아주
자연스러웠어. 하지만 이미 위지청은 곽대우의 배신으로
반적풍이 천마교 사람이라는 걸 알고 있었지. 그가 먹는
음식에 독을 풀어 중독되게 만든 것도 그런 일이지."

"아니…… 천검제는 얼마 전에 죽은 게 아니었던 거예
요?"

"반적풍이 위지강을 암살할 목적을 갖고 있다는 걸 위
지청은 미리 알고 있었지만 일부러 모른 척했던 거지. 아
버지가 죽는다면 그럼 당연히 자신이 맹주의 자리에 오를
테니까 말이다."

"……!"

"그뿐만 아니라 이미 수년 전에 죽은 천검제의 죽음을 그때 바로 알리지 않은 건 자신이 서서히 천검맹 내부를 장악하기 위한 시간이 필요했던 거야."

"그럼 천검제의 죽음을 알린 건 그런 과정이 끝났기 때 문입니까."

"뭐, 비슷해. 하지만 너와 네 친구 놈들이 백리연의 죽 음에 연관이 되면서 백리천호에게 빈틈을 줘 버린 거야."

"위지세가의 입지를 뒤흔들 수 있는 빈틈이겠군요."

"그렇지."

"천검제의 죽음을 이용해 자신이 아무런 반발 없이 맹 주가 되기 위해 쐐기를 박은 거야. 천검제의 죽음을 공식 화하면서 모두의 적, 천마교라는 걸 공표한 것이다. 위지 청은 아버지의 죽음에 분노하면서 그 복수의 칼을 뽑아 든 것이지. 동시에 자신은 맹주 자리에 오르는 명분을 너 무나 쉽게 얻는 거지."

반사영의 몸이 부르르 떨렸다.

아버지의 죽음을 자신의 야망을 위해 이용하는 위지청 의 행동에 경악을 금치 못했다.

"그런 인간이다, 위지청은. 아주 무서운 놈이지."

"그러니 제 손으로 죽일 생각입니다. 자신이 얼마나 엄 청난 짓을 저질렀는지 제 검이 말해 줄 겁니다."

아룡은 답답했다. 이 빌어먹을 놈이 미친 망아지마냥

날뛰기 직전의 모습을 보니 답답할 따름이었다.

"네가 위지청을 건드는 순간 넌 죽는다. 아니, 네놈의 동료들까지 모조리 죽는단 말이다. 천마교 살수라는 누명을 쓰고 말이다. 이 답답한 자식아!"

"그런 게 무서웠으면 이런 말도 내뱉지 않았겠죠."

반사영은 미련 없이 자리를 털고 일어섰다.

"네 아버지가…… 그런 개죽음을 당하길 원할 거라고 생각하는 건 아니겠지."

등 뒤에서 들려오는 아릉의 목소리에 반사영은 더 이상 움직일 수가 없었다.

"복수를 원한다면 그게 지금 당장이 아니어도 상관없지 않을 것 아니냐."

"위지청은 지금 제가 백염공에게 이런 사실을 들었다는 걸 모를 게 아닙니까. 그러니 지금이 적기입니다."

"위지청을 죽이고 나면, 그러면 어쩔 생각이냐."

"……."

"얼마 못 가 시체로 발견되거나 평생을 도망 다녀야 할 것이 뻔하다."

"그래서 백염공을 따라 천마교로 들어가라 이겁니까."

"그런다면 최소한 제대로 된 복수를 할 힘을 키울 수는 있지 않느냐."

"생각해 보도록 하죠."

"이거 하나만 알아 둬라. 위지청이 마음만 먹는다면, 지금 살야단을 천마교의 살수 집단으로 몰아갈 수도 있는 일이다."

"그게 무슨 말이죠?"

"너희는 그동안 천검맹에 속해 있는 자들을 암살해 왔지. 천마교의 간세라는 위지청의 정보 하나만 믿고 말이지. 하지만 말이다. 어디까지나 그건 위지청만이 알고 있는 사실이다. 지금 천검맹 내부에서는 천마교의 살수들이 설치고 다닌다고 소문이 파다해졌어. 어쩌면 이미 위지청이 살야단의 필요성이 없어져 너희를 버리기 위한 준비를 하고 있을지 모른다는 이야기다. 내 말 잘 새겨들어라."

반사영은 대답을 하지 않고 밖으로 나왔다.

일순간에 감당하기 힘든 수준의 사실들을 들은 나머지 머리가 복잡했다.

아룡의 말을 전적으로 믿어야 하는지에 대한 의심도 없는 것이 아니다. 하지만 그가 자신을 천마교의 사람이라고 하면서까지 자신에게 하는 말이라면 믿는 수밖에 없었다.

16장.

배신

"아무리 뒤지고 찾아봐도 없어요."

단유하의 표정에는 지친 기색이 역력했다.

그건 백리웅도 마찬가지였다. 난주라는 도시가 콧구멍만 한 촌 동네도 아닌데다가 여기저기 들쑤시고 다녔더니 지칠 수밖에 없는 일이었다.

"이미 떠난 모양이다."

어쩔 수 없이 두 사람은 숙소로 돌아왔다.

"찾았어?"

떠난 지 하루하고 반나절이 지나서 돌아온 동료들을 보자마자 무태가 물은 첫 마디였다.

"아니."

"빌어먹을."

무태는 아쉬운 마음을 숨기지 않았다.

"내가 직접 갔어야 했는데. 그런데 사영은?"

"곧 돌아올 거야. 그 녀석이라도 찾았으면 좋겠는데."

반사영이 숙소로 돌아온 건 늦은 저녁이 다 되어서였
다.

"어떻게 됐어."

"표정을 보니 못 찾았구먼."

"에효."

"아마 난주를 떠난 모양이에요."

반사영은 일단 동료들에게는 거짓말을 하기로 했다.

아직 자신의 생각이 정해지지 않았기 때문이다.

"그럼 이제 어쩔 셈이야."

"이대로 죽치고 있어야지, 뭐."

"얼굴이 왜 그래?"

백리웅이 얼굴을 펴지 못하는 반사영을 걱정스럽게 바
라봤다.

"아, 아무것도 아니에요."

"말까지 더듬고 이상한데?"

"이상하긴 뭐가 이상하다고 그래요?"

자신도 모르게 목소리가 높아진 반사영을 세 사람은 더
욱더 이상한 눈초리로 바라봤다.

"너 설마……."

"설마 뭐요?"

"만났지, 그 여자? 그런데 일부러 우리에게 말 안하는 거 아냐?"

"제가 뭐하려고요?"

"그 여자에게 반했거나, 뭐, 그런 이유로."

반사영은 짜증을 확 내려다가 피식 웃고 말았다.

머리가 복잡하고 몸은 피곤했지만 아이같이 말도 안 되는 소리를 하는 무태를 보니 웃음이 터져 버렸다.

"이 자식, 웃는 걸 보니 더 수상한데?"

일부러 헛소리를 하며 무태는 반사영의 기분을 풀어 주려고 노력했다. 평소와는 다르게 반사영의 얼굴이 심각하게 굳어 있었기 때문이다.

"조사를 좀 해 봐야겠어."

거기에 단유하까지 가세했다. 무태와 단유하가 다가와 음침한 미소를 흘렸다. 곧이어 두 사람이 반사영을 자빠트려 관절꺾기에 들어갔다.

세 사람은 장난을 치느라 평소와 다른 건 반사영이 아닌 백리웅이었다는 걸 눈치챌 수가 없었다.

"그분이…… 백염공?"

"응. 중원에서는 백염공이라고 불리시지. 만병제라는 별호도 가지고 계실 만큼 병기에 대해서도 해박하신 분이야."

"그런데 본교에서는 아는 사람이 없어요?"

천아영은 호기심 가득한 눈길을 하고서 물었다.

"아는 사람도 있지만 젊은 사람들은 거의 몰라."

"백염공은 유명인사지만 본교와 인연이 있는 줄은 정말 몰랐습니다."

"수십 년 전에 본교와의 연을 끊고 사라지셨어."

"사라져요?"

"응."

"대체 왜요?"

"그게……."

모용혜가 말끝을 흐리다가 이내 묘한 웃음을 지어 보였다.

"아버지랑 싸웠거든."

"예?"

"두 분이선 굉장히 내기를 좋아하셨어. 뭘 하든 내기를 할 정도였지. 그러던 어느 날 나를 가지고 내기를 하신 거있지."

"아가씨를요?"

"응. 아저씨가 호두를 가져왔는데, 그걸 내가 과연 먹을까, 하는 내기 말이야."

뭔가 심각한 일로 싸운 줄 알았던 천무하와 천아영은 실소를 머금었다.

"결국 누가 이겼는데요?"

"아버지가. 그런데 그 내기에 아저씨는 아끼던 검을 거셨고, 아버지는 돈을 거셨어. 내기에서 진 아저씨는 없던 일로 하자며 우기셨는데, 아버지가 동의를 하지 않았던 거지."

"푸흡. 무슨 애들도 아니고."

"난 그렇게 알고 있었지만 실상은 아니었던 거야."

"그럼요?"

"아저씨는 중원 사정을 알아보고자 본교를 떠나셨던 거지. 그걸 알고 있는 분은 아버지뿐이셨고."

모용혜는 좋았던 과거를 회상해서인지 한결 표정이 밝아져 있었다.

"아버지에게 아저씨가 돌아가셨다는 소식을 들은 날, 세상이 떠나가라 울었던 게 아직도 기억이 나."

"많이 의지하셨나 봐요."

"응. 아버지 다음으로."

"백염공께서 본교에 있으실 적에 어떤 일을 맡으셨나요."

"들으면 깜짝 놀랄걸?"

"대체 뭔데요?"

"태성전(太聖殿)의 훈련 담당이셨어."

"……!"

"아마 너희가 조금만 일찍 태어났더라면 그분의 훈련 지도를 받았을지도 모르지."

"그랬겠군요."

태성전!

천검맹에서 위지청에게 흑사대가 있다면, 천마교 교주에게는 태성전이 존재한다.

그들은 천마교 내에서도 고르고 골라 선출하여 훈련을 받게 되어 있었다.

그 과정도 엄청날 정도로 혹독하여 태반이 포기를 하고 나갈 정도였다.

"행운이라고 생각하는 게 좋아. 지금 태성전 전주께서도 아저씨의 훈련을 따라오지 못했다고 하니까."

천무하와 천아영도 태성전 소속이었다.

"아버지께서요?"

"그래."

천아영은 자신의 아버지가 모용혜의 부친 말고 다른 누군가에게 쩔쩔맬 것이라고는 생각지 못했다. 하지만 아버지가 두려워하는 사람을 오늘 본 것이다.

"어쨌든 아저씨가 본교로 돌아가서 내 곁에 있어 주신 다면 큰 힘이 될 거야."

"만나 뵌 보람이 있어서 다행입니다."

"본교로 돌아간다면…… 그땐 정말 냉정해지려고."

"그러셔야 해요. 힘내세요, 헤헤!"

"무학."

"네."

"잘 알겠지만 가장 먼저 태성전을 장악해 줘. 무학이 앞으로 태성전 전주가 될 거니까."

"목숨을 바쳐 명을 이행하겠습니다."

"저는 아무것도 없어요?"

"음…… 아영은 글쎄…… 아직 나이가 어리니까."

"피이."

천아영이 입술을 삐죽거리는 모습에 모용혜가 그녀의 머리를 쓰다듬어 줬다.

'다행이야. 정말.'

아륭에게 반적풍은 아들 같은 존재였다.

반적풍의 사부와 아륭은 아주 어린 시절부터 함께 천마 교의 수련을 받았다. 일찍이 무영신군의 후계자로 점찍어져 떨어져 지냈지만, 성인이 되고 나서부터 두 사람의 우정은 변하지 않았다.

그가 어린아이였던 반적풍을 데려왔을 때를 아름은 아직도 기억한다. 똘망똘망한 눈으로 자신을 올려다보던 소년.

소년은 영특했고, 자질이 뛰어났다.

이미 무영신군으로 키워질 재목이기에 후계자로 들인 것일 테지만, 성장해 나갈수록 더욱더 빛이 나는 아이였다.

욕심도 많았다.

반적풍은 천마교를 위해 자신이 해야 하는 일은 천검맹 맹주의 목숨을 끊는 것이라고 생각했던 것이다.

'말렸어야 했어.'

중원 사정을 잘 알고 있는 아름에게 어느 날 반적풍이 자신의 뜻을 밝혔다.

아름은 반대를 했지만, 반적풍의 고집을 꺾을 수가 없었다. 하지만 어떻게 해서든 반적풍의 계획을 말렸어야만 했다.

'교주께서도 허락하신 일입니다. 도와주십시오.'

마도련과의 전쟁을 이용해 위지강의 눈에 드는 방법을 알려 준 건 자신이었다.

교주가 허락한 일을 자신이 뭐라고 할 수는 없는 일이

었다.

그렇게 반적풍은 최연소 천령군장이 되었다.

사실 아륭은 혹시라도 반적풍이 교를 배신할지 모른다고 생각했다.

위지강의 곁을 지키는 천령군은 무림인으로서는 가장 영광스러운 자리임에는 틀림없으니까 말이다.

사람의 마음이란 언제 어떻게 변할지 모르기에 더욱더 불안했다.

반적풍이 죽거나 배신을 한다면 무영신군의 맥이 끊기기 때문이다.

다행히도 반적풍의 아들 반사영이 그 뒤를 이었다.

아버지를 닮아서인지 자질이 가장 뛰어났다.

직접 혈해도에서 무영살검류를 펼치는 모습을 본 뒤로는 어떻게든 저 아이를 천마교로 데리고 가야겠다는 생각으로 가득 찼다.

반사영의 무공이 형편없는 수준이었다면 자신의 손으로 죽여 무영신군의 맥을 끊어 버렸을 것이다.

하지만 반사영은 마음에 쏙 들었다.

반사영이라면 천마교의 아주 훌륭한 전력이 될 게 틀림없다고 아륭은 판단을 한 것이다.

지금 천마교는 혼란에 빠져 있을 게 틀림없었다. 모용혜가 자신을 찾아온 것만 봐도 알 수가 있는 일이다.

천검맹 맹주와 천마교의 교주.

두 거대 집단의 수장이 비슷한 시기에 죽었다.

물론 위지강은 수년 전에 죽었지만, 공식적으로 발표한 건 비슷했다.

중요한 건 뒤를 이을 사람의 유무였다.

위지강의 후계는 그보다 훨씬 뛰어난 위지청이라는 존재가 아주 오랜 시간 자리를 굳건히 지켜 왔다.

모르긴 몰라도 현재 위지청은 과거 위지강보다 여러모로 몇 수 위라고 해도 과언이 아니었다.

하지만 천마교는?

유일하게 남은 혈육은 모용혜가 전부다.

그녀의 무공은 이제 겨우 일류 반열에 접어들었다. 실전 경험도 전무하다. 교주라는 자리가 무조건 무공으로만 점쳐지던 시대가 지났다고 해도 아직 부족한 것투성이다.

게다가 여자다.

무공도 약한 모용혜가 천마교를 장악하기란 거의 불가능하다고 해도 틀리지 않는 일이다.

물론 교주를 믿고 따르던 충신들이 많다고는 하지만, 어디까지나 그들이 충성을 바치던 건 교주였다.

이제 모든 전권을 모용혜에게 맡기기란 힘들 것이라는 생각쯤은 모두가 하고 있을 것이다.

그건 아룡도 마찬가지였다.

모용혜가 교주의 자리에 오르는 건 자연스럽고, 당연한 일이다. 그녀의 자질이 부족한 건 사실이지만, 그렇다고 다른 사람을 앉힐 수도 없는 노릇이다.

　아륭은 그녀의 부족한 부분을 채워 줄 사람이 필요하다고 결정을 내렸다.

　아마 교주가 살아 있었다고 해도 자신과 같은 생각이었을 것이다.

　"음?"

　홀로 앞으로의 계획을 정리하던 아륭의 눈빛인 날카로워졌다.

　삼삼오오 무리를 지어 다니는 자들.

　무림인이다.

　그것도 보통내기들이 아닌 고도의 훈련을 받은 자들이라는 건 보자마자 알 수가 있었다.

　아륭이 자리에서 벌떡 일어섰다.

　"곽대우!"

　그 무리에 천마교를 배신한 곽대우가 있었다.

　아륭은 서둘러 자리를 떠났다.

　"귀신이라도 봤냐?"

　"아…… 여긴 어쩐 일로."

　"오면 안 된다는 법이라도 있어? 어른을 봤으면 인사부터 해야지. 비켜, 인마."

아룡이 느닷없이 숙소로 들이닥치자, 무태는 당황할 수
밖에 없었다.

"짐 싸라."

"예?"

방 안에는 반사영 일행이 모두가 있었다.

갑자기 나타나서는 짐을 싸라는 아룡의 말에 하나같이
어안이 벙벙한 얼굴이 되었다.

─곽대우가 난주에 와 있다.

아룡은 일단 반사영 일행에게 떠날 준비를 하게 만드는
것이 급선무였다.

지금껏 모습을 드러내지 않았던 곽대우가 난주로 왔다
는 건 분명 위험한 일이었다.

특히나 그와 함께 있던 이들이 결코 만만한 존재들이
아니라는 점은 아룡이 서두르는 중요한 이유였다.

반사영을 제외한 나머지 세 사람은 이유도 모른 채 자
신의 병기와 간단한 소지품들을 챙기고 객잔을 빠져나왔
다.

"그런데 어디로 갑니까?"

"기련산으로 갈 거다."

아룡은 가볍게 대꾸했지만, 듣는 이들은 놀랄 수밖에
없었다.

"기, 기련산까지 갑니까?"

"서둘러야 한다."

아룡은 반사영에게 기련산이 보이는 도시에서 기다리라고 했다.

—지금은 서둘러야 한다. 곽대우을 죽이겠다고 혹여 남아서는 안 된다. 너만 죽는 게 아니라 이 세 명도 목숨을 잃을 수가 있다.

아룡답지 않게 잔뜩 긴장한 얼굴을 하고 있었다. 그걸 본 반사영은 그의 말에 따를 수밖에 없었다.

하지만 아버지를 죽인 원수가 나타났다는 말을 들은 순간 심장이 거세게 뛰기 시작했다.

그것만큼은 자신의 의지대로 되지 않았다.

만약 동료들이 곁에 없었다면 곽대우를 향해 몸을 날렸을 것이다. 그러나 명색이 단주라는 자신이 이들을 책임지지 않고 개인적인 감정에 휘말릴 수도 없는 노릇이다.

"백염공은요."

"난 다른 일행과 함께 기련산으로 가마."

반사영은 그 일행이 누군지 알고 있었다. 어떤 관계인지는 모르지만 고개를 끄덕이고, 기련산으로 출발했다.

아룡은 모용혜가 머무는 숙소로 발걸음을 옮겼다.

"왜 이렇게 일찍 오셨어요?"

약속 시간이 되려면 아직 한참이나 남았다.

"급히 떠나야겠다."

"네?"

"무슨 일입니까."

"그건 움직이면서 설명…… 아니, 본교로 돌아가서 말해 주도록 하마."

아룡은 이들에게도 떠날 준비를 서둘러 시켰다.

"급히 이동 중인 걸로 확인됐습니다."

곽대우는 반사영 일행이 머물던 숙소를 한차례 살폈다. 어질러진 방 안을 보니 급히 떠난 것으로 보였다.

"바로 쫓을까요."

"아니, 서두를 거 없다."

곽대우가 여유를 부리는 건 그들의 목적지가 어딘지를 알고 있기 때문이었다.

그리고 그들을 죽이는 일에 대한 자신감으로 넘쳐 났다.

위지청이 자신의 권한을 일임하고 내어 준 자검단(紫劍團) 때문이다.

천검맹 칠대무력조직인 자검단의 숫자는 무려 오십 명이다. 자검단 전체가 이번 임무에 투입된 것이다.

위지청의 흑사대까지는 아니더라도 자검단 개개인의 무력은 훌륭했다.

특히나 이들의 장점은 합격진에 있었다.

전원이 한 몸이 되어 펼치기도 하며, 두 명이나 여섯 명으로 흩어져 있는 상황에서도 위력을 발휘하는 합격진을 펼친다.

존재 자체만으로 반사영 일행을 압박하기에는 부족함이 없는 전력이었다.

자신의 손으로 반사영의 심장에 칼을 박을 생각을 하니 곽대우는 묘한 기분이 들었다.

반적풍, 그리고 그의 아내, 반사영.

세 사람의 죽음에 자신이 모두 관여한다는 건 유쾌한 일은 아니었다.

하지만 천마교를 등지고 위지청이라는 그늘을 택했을 때부터 이미 정해진 운명인지 모른다.

얼굴도 모르지만 동료였던 자들을 제거해 나가는 일에 자신이 앞장서 있다는 것도 모두가 불가항력인 일이었다.

그래서 이렇게 자검단을 이끌게 된 이상 반드시 반사영의 목숨을 끊어야만 했다. 그게 자신이 최우선으로 행해야 하는 일이었다.

난주에서 기련산까지의 거리는 결코 만만치 않았다. 신법을 발휘해 쉬지 않고 달린다고 해도 열흘 이상이 걸린다.

반사영 일행은 이유도 모른 채 무작정 달리고 있었다.

"좀 쉬었다 가자!"

"사영, 이렇게 갑자기 무리를 할 필요는 없을 것 같다."

선두에서 달리던 반사영은 뒤를 돌아봤다. 당장이라도 숨을 멎을 것 같아 보이는 세 명의 얼굴이 눈에 들어왔다.

반사영이라고 힘들지 않은 건 아니었다. 언제까지 쉬지 않고 달릴 수는 없는 노릇이었다.

"우리 지금 누구에게 쫓기고 있는 거냐?"

숨을 헉헉거리며 무태가 물었다. 백리웅과 단유하도 그렇게 느끼고 있을 것이다.

그런 게 아니라면 이렇게 뭐 빠지게 기련산으로 갈 이유가 없기 때문이다.

"맞아요."

"왜?"

"사영, 너는 알고 있는 거냐. 우리가 왜 기련산으로 가는지?"

"알고 있어요."

"뭐? 어떻게?"

"알고 있지만 일단 지금은 말씀드릴 수가 없어요."

무태가 얼굴을 구겼다.

"이유도 모른 채 기련산까지 가야 하는 거냐?"

"죄송해요. 기련산에 도착을 하면 그때 알려 드릴게요."

반사영 일행은 가까운 곳에서 말을 구입해 타고 달리기 시작했다. 신법으로 가는 게 더 빠르지만 지속력이 떨어지기 때문이다.

"이랴앗!"

네 필의 말이 달리면서 내는 먼지가 잔뜩 피어올랐다. 그렇게 반사영 일행은 쉬는 시간을 최소화하면서 이동했다.

그 결과 반사영 일행은 기련산이 보이는 작은 소도시에 도착할 수 있었다.

"일단 여기서 쉬었다 가죠."

숙소를 잡고 여독을 풀기도 전에 세 사람이 반사영을 앞에 앉혀 놓았다.

"이제 우리가 왜 여기까지 왔는지에 대한 설명을 해 봐."

세 사람은 꽤나 심각한 표정들을 하고 있었다.

다짜고짜 아무런 설명도 없다는 것에 불쾌해하고 있

었다.

반사영은 잠시 이들에게 어떻게 설명을 해야 할지를 고민했다.

아직은 천마교에 대한 이야기를 해 줄 때가 아니라고 판단했기 때문이다.

"위지청이 우리를 죽이려 하고 있어요."

"그, 그게 무슨 말이냐!"

지금으로서는 이렇게밖에 설명할 길이 없었다.

그리고 곽대우가 난주로 왔다는 건 그 이유밖에 없을 테고 말이다.

아룡의 예견처럼 위지청은 무슨 이유에서인지 자신들을 죽일 생각이었다.

"우리에게…… 천마교의 살수라는 오명을 뒤집어씌우고 죽일 생각이에요. 위지청의 명령을 받은 자들이 난주로 들어와 있어서 급히 도망친 것이고요."

"우리를 왜?"

"이제 필요 없어진 거겠죠."

"필요가 없어져?"

"네. 처음부터 이럴 작정이었던 거예요. 우리를 이용해 천마교의 세작들을 암살하면, 그들이 세작이라는 걸 모르는 자들은 천마교의 살수들이 천검맹 수뇌부들을 암살했다고 믿겠죠."

"그걸 우리에게 뒤집어씌운다?"

"네."

"그럼 지금 우리를 잡으러 온 놈들은 우리가 천마교의 살수라고 알고 왔다 이거야?"

"맞아요."

"맙소사!"

"빌어먹을. 이런 염병!"

"그렇게 해서 위지청이 얻을 수 있는 게 뭐지?"

백리웅은 의외로 침착했다.

"자신이 맹주가 되자마자 공표한 것이 천마교의 세작을 잡겠다는 건데, 얼마 지나지 않아 천마교에서 보낸 살수들을 잡게 되면 자신의 이름이 드높아지겠죠. 백리천호로 인해 흔들리는 천검맹을 굳건히 자신을 믿고 따를 수 있게끔 할 작정일 거예요."

처음 아릉에게 이런 이야기를 들었을 때와 마찬가지로 세 사람은 격한 반응을 보였다.

"겨우 그따위 놈에게 이용만 당하려고 우리가 그 개고생을 한 거란 말이지?"

"우리를 처리하기 위해 보냈다면 필히 만만한 자들이 아닐 거예요. 백염공은 우리가 걱정돼서 난주로 급히 오신 거구요."

"하…… 하하하! 이런 뭐, 이런 개 같은 경우가 다 있다냐."

"그럼 이제 우린 어쩌지?"

"이 방향으로 가다가는 새외로까지 갈 수 있어."

"알고 있어요. 아마 기련산에서 그들을 맞이해야겠죠. 살아남으려면."

"그다음은?"

백리웅의 물음에 반사영은 대답할 수가 없었다. 지난번과 같은 상황이 이어졌다.

백리연의 죽음에 대한 누명을 쓰고 혈해도로 가기 직전의 상황처럼 말이다.

"하아…… 일단 백염공을 기다려야 해요."

"백염공보다 그놈들이 먼저 도착할 수도 있는 일이잖아."

"그놈들이 두려워요?"

"이런 빌어먹을! 내가 지금 그깟 놈들이 무서워서 그러는 줄 아는 거냐."

무태가 사납게 반사영을 노려봤다.

하지만 무태뿐만 아니라 옆에 있는 단유하의 얼굴에서도 불안을 느낄 수가 있었다.

저들에게서 살아남는다고 해도 갈 곳이 없어져 버리는 것이다. 고향인 중원 땅을 다시는 밟지 못할 수도 있는 일이었다.

지금 이들은 그게 두려운 것이다.

"우리가 떠나고 얼마 지나지 않아 백염공께서도 출발하셨을 거예요. 내일 이 시간까지 오지 않으면 우린 기련산을 오를 겁니다."

"올라서?"

"싸울 준비를 해야죠."

"선택의 여지가 없구나. 우리에게는."

"살아남는 것이 중요해요. 어디까지나."

"혈해도에서 했던 것처럼?"

"맞아요. 그렇게만 하면 얼마든지 우리가 그놈들을 이길 수가 있겠죠."

하지만 그 시각 아릉과 모용혜 일행은 뜻하지 않게 방해꾼을 만나고 있었다.

"설마 모르고 있을 거라고 생각하고 있진 않았겠죠?"

"끌끌. 알면서도 모르는 척했다?"

아릉은 웃고 있었다. 하지만 그의 몸에서 터져 나오는 살기만큼은 결코 가볍지가 않았다.

반사영 일행과 합류하기 위해 이동 중에 곽대우와 자검단을 만났다.

"왕씨를 만나라는 건 제가 맹주님에게 드린 정보. 그 왕씨가 백염공이라는 건 예전부터 알고 있었던 사실이죠."

"내게 살야단의 훈련을 맡긴 것도 우연은 아니었구나."

"태성전의 훈련 담당을 하신 백염공만 한 인물이 없더 군요."

"제법…… 뒤통수를 때리는 재주는 타고난 녀석이구 나."

"칭찬으로 받아들이겠습니다."

"그래, 이제 어쩔 셈이냐."

"아실 만한 분이 뭘 새삼스럽게 그런 질문을 다하시고 계십니까. 이렇게 백염공 앞에 나타난 건 그럴만한 자신 이 있어서겠죠."

"이 잡놈들이 옆에 있으니까 목에 힘이 좀 들어가는 모 양이지?"

"잡놈들이라뇨. 명색이 천검맹 소속 자검단 무인들입니 다."

"호오. 자검단?"

아룡은 일부러 아무렇지 않다는 듯 행동했지만, 내심 자검단이라는 이름에 부담감을 느꼈다.

열 명도 아니고 무려 오십 명이 주변을 감싸고 있었다. 자검단 전체가 나선 이상 팔다리 하나쯤은 잃을 각오를 하고 싸워야 한다.

그런다 하더라도 살아날 가능성은 희박했다.

물론 옆에는 모용혜, 천무하, 천아영이 있다.

천무하, 천아영이 태성전 출신이라고 하지만, 아직 경험이 부족한 아이들이다.

게다가 모용혜를 지키기 위해 몸을 쉽게 움직이지 못하는 상황을 생각하면 눈앞이 깜깜해진다.

"너무 겁먹을 필요 없습니다, 백염공. 이들 중 절반은 반사영을 처리하기 위해 떠날 참이니."

아륭은 이를 갈았다.

자신들을 이곳에 묶어 두고 기련산 근처에 있는 반사영을 처리할 작정인 셈이다.

"오냐. 오거라. 누가 투영혈사를 먼저 맞을지 궁금하구나."

"하하! 급할 거 뭐 있습니까. 곧 시작할 텐데."

곽대우는 스무 명의 자검단원들을 이끌고 사라졌다.

"편히 모셔다 드려라."

자검단의 검이 일시에 뽑혀져 나왔다.

"혜아를 제대로 보필해야 한다."

"아영, 네가 아가씨를 곁에서 지켜라."

잔뜩 긴장하고 있는 천아영은 입술을 깨물고는 고개를 끄덕였다.

이제 어엿한 무인으로서 성장했다는 걸 보여 주고 싶은 마음이 컸다.

자신의 힘으로 모용혜를 지키고 싶은 천아영이었다.

"백염공, 잘 부탁드립니다."

"끌끌. 천중악의 이름에 먹칠을 하지 않기를 바란다."

"걱정하지 마십시오."

반사영은 애가 타는지 방 안을 서성거렸다.

"왜 오지 않는 거지."

"뭔가 일이 생긴 거 아냐?"

분명 도착하고도 남을 시간이었지만 아룡은 나타나지 않았다.

"이러다 위지청이 보낸 놈들이 먼저 오겠다. 사영!"

"왜요."

"이제 그만 출발하자."

반사영은 잠시 어찌해야 할지 고민을 하다가 이내 고개를 끄덕였다.

"갑시다……!"

그 순간 반사영은 진득한 살기를 느꼈다.

"이런 염병."

그들이 벌써 자신들을 찾은 것이다.

반사영 일행이 창밖으로 뛰쳐나왔다.

바닥에 착지를 하자마자 그들에게로 검기가 쏟아져 내

렸다.

콰콰쾅!

"이런 우라질."

무태는 바닥을 나뒹굴어 공격을 피하고는 가장 높이가 높은 건물로 올라서 철궁에 화살을 끼워 넣었다.

하지만 어느새 두 명이 무태에게로 들러붙어 검을 휘둘렀다.

까, 깡!

무태는 철궁으로 여기저기 찔러 들어오는 검을 쳐 내기에 바빴다.

후웅!

빽!

휘두른 철궁이 허공을 가른 틈을 놓치지 않고 자검단 무인들의 주먹이 꽂혔다.

"크헉!"

쉬리릭!

촤악!

무태에게 공격을 퍼붓던 이들의 목 줄기에서 핏물이 뿜어져 나왔다.

"휴우."

무태는 씩 웃으며 백리웅에게 엄지손가락을 치켜세웠다.

백리웅이 지붕 아래로 내려가자, 무태는 철궁에 다시금 화살을 끼워 넣었다.

그리고 목표물을 향해 한 발, 한 발 날리기 시작했다.

핑!

쌔애액!

푹, 푹.

반사영과 검을 섞던 자들의 명줄을 화살 두 방으로 끊어 버렸다.

"크하하! 싸그리 다 죽여 버리자!"

무태 역시 무림인이었다. 적을 만나면 머리가 아닌 피가 들끓어 오르는 무인 말이다.

반사영은 피식 웃으며 무태에게로 다가가는 자검단 무인에게로 쏘아져 들어갔다.

폭뢰비!

반사영의 검기가 자검단 무인의 육체를 사정없이 뚫고 지나갔다.

무태는 더욱 신나게 화살을 날려 댔다.

역시나 함께 있으면 최상의 힘을 발휘한다는 걸 새삼 느끼고 있었다.

"이 자식아! 쳐 웃고 있지 말고 나도 좀 도와줘라!"

한쪽 구석에서 다구리를 맞고 있는 단유하의 다급한 목소리가 들려왔다.

"저런…… 치사한 놈들."

무태의 철궁이 단유하를 공격하고 있는 이들에게 돌아갔다.

핑, 핑, 핑.

세 번의 연사.

둘은 부상을 당하고, 하나는 정확하게 목을 관통했다.

"커헉!"

부상당한 나머지 둘은 단유하에게 급소를 가격당해 픽 쓰러져 버렸다.

"크크큭. 이 맛에 궁질을 하는 모양이다."

무태는 반사영이 있는 줄 알고 고개를 돌리며 말했지만, 어느새 자리를 떠나고 없었다.

반사영은 곽대우를 찾기 위해 두리번거렸지만, 어디에도 보이지 않았다.

스르륵.

"나를 찾나?"

담벼락 위에서 모습을 드러낸 곽대우와 반사영의 눈이 마주쳤다.

반사영의 눈이 차갑게 가라앉았다.

이 목소리. 이 얼굴.

반사영은 잊지 않고 있었다.

무영살검류, 폭뢰비!

곽대우를 보자마자 이성을 잃어버린 반사영의 검기가 제대로 통할 리가 없었다.

"이런, 전에 비해 아주 놀랄 정도로 성장해 있어서 기대를 하고 있었는데…… 실망이네."

곽대우는 여유 있게 검기를 흘려보내면서 반사영을 자극했다.

"네놈은…… 반드시 내 손으로 죽여 버린다."

"어디 행동으로 옮길 자신이 있다면."

어깨를 으쓱거리던 곽대우의 신형이 흐릿해지더니 어느새 반사영의 턱밑까지 치고 들어왔다.

빠악!

곽대우의 팔꿈치가 반사영의 턱을 가격했다.

월야무영을 사용해 뒤로 빠지려던 반사영의 움직임보다 곽대우가 더 빨랐다.

곽대우의 두 주먹이 반사영의 급소를 사정없이 두들겼다.

반사영은 피를 토해 내며 벽으로 던져졌다.

스르릉.

곽대우가 검을 뽑았다.

"이제 장난은 그만 쳐야겠지."

"크큭."

반사영은 비틀거리며 몸을 일으켰다.

수십 대를 맞고 나니 오히려 정신이 말끔해졌다.

최소한 조금 전처럼 어처구니없게 당할 일은 없어진 것이다.

무영살검류, 전광무영!

반사영의 몸이 일자로 쭉 뻗어 나갔다.

채챙.

반사영과 곽대우의 검이 부딪혔다.

촤악!

"크흑!"

반사영은 곽대우와 검을 부딪치는 순간, 옆구리에 차고 있던 소도로 그의 허벅지를 베었다.

"이제 좀 상대가 되려나?"

"후훗."

곽대우가 웃으면서 반사영의 다리를 향해 검을 휘둘렀다.

반사영은 벽을 타고 뛰어올랐다.

무영살검류, 쾌검혈우!

반사영의 검에서 핏물이 뿜어져 나와 곽대우의 몸으로 관통했다.

"커허억!"

곽대우의 몸 여기저기 구멍이 뚫려 버렸다.

"쉽게 죽일 생각은 없다는 것만 알아 둬."

반사영은 너덜너덜해진 곽대우의 몸통을 밟아 버렸다.

"크흐흑."

사지를 쓸 수가 없는 지경에까지 이른 곽대우는 안간힘을 써 가며 바닥을 기기 시작했다.

반사영은 그 모습을 바라만 봤다. 곽대우는 일각도 채 버티지 못하고 죽을 것이다.

반사영은 검을 집어 넣고 한 손에 소도를 쥐었다.

푸욱!

"이건 아버지의 몫."

푸욱!

"이건 어머니의 몫."

"커허헉!"

반사영은 마지막으로 자신의 인생을 뒤바꿔 놓은 데 결정적인 역할을 한 곽대우에게 칼을 꽂아 넣으려고 했다.

"사…… 사영!"

반대편에서 피범벅이가 된 모습으로 바닥을 기어오는 이가 반사영의 이름을 불렀다.

반사영의 눈이 부릅떠졌다.

"유, 유하 형님!"

"피……해라, 어서."

반사영은 단유하에게 다가가 그를 일으켰다.

단유하는 곧 죽을 사람처럼 얕은 숨을 쉬고 있었다.

"우…… 웅이 형님을."

"뭐, 뭐라고요?"

"조……심해라."

"유하 형님! 형…… 형님!"

단유하는 숨이 끊어져 버렸다.

그의 손에는 언제부터인가 몸의 일부처럼 지니고 다니던 용린편이 쥐어져 있었다.

반사영은 골목을 빠져나왔다.

코를 찌르는 피비린내가 진동했다.

반사영의 시선이 어느 한쪽에서 멈췄다.

그곳에는 자검단에게 둘러싸여 있는 무태의 모습이 보였다.

처참하게 망가져 있는 무태의 몸에 화천비가 꽂혀 있는 걸 반사영은 보고야 말았다.

푸푸푹.

무태의 몸에 박혀 있던 화천비가 뽑혀져 나와 주인에게로 돌아갔다.

"지금…… 이게 뭐하는 겁니까."

백리웅은 뒤를 돌아봤다.

"미안하게 됐다, 사영."

"다시 묻겠습니다. 지금 이게 뭐하는 짓이냐구요."

반사영의 눈은 붉게 충혈되어 있었다. 핏물을 눈 안에

담은 것 같았다.

"어쩔 수 없는 선택이었다."

"큭…… 크크큭."

반사영은 웃음을 멈추지 않았다. 지금의 상황을 어떻게 받아들여야 하는지 반사영은 알 수가 없었다.

"어쩔 수 없는 선택?"

믿고 싶지 않은 광경을 보고 있자니 반사영은 피가 거꾸로 솟는 것 같았다.

백리웅이 위지청의 편에 섰다?

함께 동고동락한 동료들을?

이게 꿈이길 반사영은 간절히 원했다.

단유하도, 무태의 모습도 모조리 환상이었으면 했다.

"쿨럭."

무태의 신형이 쓰러졌다.

그 커다란 덩치의 무태가 너무나 쉽게 바닥에 누워 버렸다.

"맹주님께서 네가 천마교의 사람들과 손을 잡을 것이라 그러더구나."

"……"

"어쩔 수 없었다. 난…… 내가 원하는 건 백리천호 그놈의 목뿐이다. 하지만 너를 따르다간 다시는 중원으로 발도 못 붙이게 되겠지. 내가 너희를 배신하는 조건으로

맹주님…… 아니, 위지청은 내게 힘을 주기로 했다. 백리
천호의 목을 벨 수 있는 힘을 말이다."

"입…… 닫아."

"미안하다. 이 말밖에는 너에게 해 줄 수 있는 게 없어
서."

"입 닫으라고 했습니다."

반사영은 월야무영을 최상으로 펼쳤다.

쉬이익!

"으아악!"

반사영이 백리웅에게로 지쳐 들어가는 걸 자검단 무인
들이 막아섰다.

무영살검류, 전광무영!

자신의 모든 힘을 이용한 반사영을 그들이 막기란 불가
능했다. 백리웅의 지척까지 다가선 반사영은 망설임 없이
검을 휘둘렀다.

무영살검류, 쾌검혈우!

무영살검류, 섬영혈참!

두 개의 초식을 연달아 백리웅에게로 쏟아부었다.

백리웅은 감당 못할 반사영의 힘에 내상을 입고 뒤로
물러서야만 했다.

"유……하는."

곁으로 다가온 반사영에게 무태가 힘겹게 입을 열었다.

반사영은 자신의 입으로 단유하가 목숨을 잃었다는 말을 차마 할 수가 없었다.

"괜찮아요?"

무태는 피를 너무 많이 흘렸지만 아직 숨이 끊어질 정도는 아니었다. 지금이라도 충분히 치료를 받으면 살 수가 있었다.

"너나…… 도망가라."

반사영이 무태를 업었다.

"멍청한 소리 좀 하지 마요. 이까짓 놈들 뚫는 것쯤은 일도 아니니까."

"모두 사사회륜진(死邪回輪陣)을 펼쳐라."

단주의 명령에 단원들이 일사불란하게 움직였다.

반사영 주변으로 자검단원들이 빙글빙글 돌기 시작했다.

"너……라도 살……아라."

무태의 목소리는 점점 작아졌다.

"이미 늦었어요. 아, 그런데 왜 이렇게 무거운 거야."

"사영, 이제 그만 포기해라. 그러면 고통스럽게 죽지는 않을 거다."

"크큭. 개소리 하지 마십시오."

반사영은 손의 든 검에 힘을 주었다.

이제부터는 목숨을 버릴 각오로 자검단을 뚫어야만 살

아남는다.

"자검단은 천마교에서 보낸 살수들을 처리하라."

"누가…… 누가 천마교의 살수란 말이냐!"

반사영의 몸이 앞으로 튕겨져 나가며 검기를 뿌렸다.

하지만 아무리 반사영이 온 힘을 다한다고 하더라도 혼자서 자검단을 뚫을 수는 없었다.

서른 명이나 넘는 이들이 펼치는 합격진 안에 있는 것만으로도 반사영은 숨이 다 막힐 지경이었다.

자검단 개개인의 내뿜는 작은 기운들이 모이고 모여 반사영을 지치게 만들었다.

서걱, 서걱.

반사영은 무거워진 팔을 어렵게 들어 자검단의 무인들을 처리해 가기 시작했다.

검기를 뿌리고, 무영살검류의 모든 초식을 동원했다. 하지만 자검단의 수는 크게 줄지가 않았다.

오직 반사영의 체력만 바닥이 나 버렸다. 게다가 무태라는 덩치를 업은 채로 검을 휘두르니 모든 것이 버겁기만 했다.

상황은 불리하게 돌아갔지만 반사영의 눈은 독기로 가득 차 있었다. 그리고 그의 시선은 처음부터 끝까지 백리웅에게로 고정되어 있었다.

"애쓴다, 애써."

어디선가 낯익은 목소리가 들려왔다.

반사영은 자신이 환청을 듣고 있는 거라고 생각했다. 정신이 혼미해져 가는 상황이기에 더욱 그랬다.

반가운 음성.

아룡의 목소리가 이토록 반갑게 들릴 줄은 반사영도 예상치 못한 일이었다.

힘겹게 목소리가 들린 곳으로 고개를 돌렸다. 그곳에 아룡이 씩 웃으며 서 있었다. 그리고 그의 곁으로는 세 명이 더 있었다.

"아, 그 빌어먹을 곽대우 놈 때문에 좀 늦었다. 자검단 놈들이 들러붙는 바람에."

아룡은 얼굴을 굳히며 주변을 둘러봤다.

상황을 파악하기 위해서였다.

반사영이 피떡이 된 무태를 업고 있었고, 그 주변으로 자검단이 포위하고 있다. 단유하는 보이지 않는다.

아룡의 시선이 그 무리에서 벗어나 멀찌감치 떨어진 곳에서 이 사태를 방관하고 있는 백리웅에게로 향했다.

묻지 않아도 알 수가 있는 일이다.

배신.

그건 놀라울 일도 아니다. 배신의 주인공이 누구라고 할지라도 말이다.

아룡의 입가가 말려 올라갔다.

"재밌게 돌아가는구나."

백리웅은 아룡의 시선을 피하지 않았다.

"끌끌끌."

"죄송하다는 말은 하지 않겠습니다."

"그럴 필요가 있냐. 죄송해야 할 사람은 네 동료들이지 내가 아니니까."

"어쩔 수 없는 선택이었습니다."

"변명이라면 집어 치워라."

아룡은 천무하를 쳐다봤다.

"저놈은 내가 맡을 테니, 자검단은 네놈이 맡아라."

"뭔가 숫자적으로 백염공이 좀 더 유리한 거 아닙니까?"

"이노무 자식이, 이거 안 보여? 네놈이 한눈파는 바람에 칼침 맞은 거?"

천무하는 이미 반사영에게로 쏘아져 가고 있었다.

"혜아는 잠시 멀리 떨어져 있어라. 지금부터 아주 피비린내 나는 상황이 벌어질 테니."

천아영이 모용혜를 데리고 멀어져 갔다.

"이렇게 다시 만나게 될 줄은 몰랐습니다."

"상황이 이래 더럽게 반갑군요."

"후훗. 이래 봬도 제가 한가락 하거든요."

천무하가 검을 뽑으며 말했다.

"실력 발휘 좀 해 보시죠, 그럼."

"그럴 생각입니다. 그런데 좀 많네요. 그쪽이 나를 도와주면…… 이봐!"

반사영이 무태를 업은 채로 모용혜가 있는 쪽으로 몸을 날렸다.

"이 사람 좀 부탁합니다."

"죽, 죽은 거 아니에요?"

천아영의 말에 반사영이 싸늘한 눈초리로 노려봤다.

"아직 죽지 않았습니다. 그러니 출혈만 막아 주십시오."

"그럴게요. 그 정도는 할 수 있으니까요."

"고맙습니다."

반사영은 고개를 꾸벅이고 다시금 천무하에게로 다가갔다. 반사영이 자리를 비운 사이, 천무하에게로 자검단 무인들의 검이 쏟아지고 있었다.

그들 무리에 섞여 반사영도 검을 휘둘렀다.

"크헉!"

벽에 부딪힌 백리웅이 피를 토해 내며 쓰러졌다.

"무림에서 배신은, 뭐, 네 말대로 어쩔 수가 없는 일이지."

아룽이 백리웅의 머리카락을 쥐어 일으켜 세웠다.

"하지만 말이다. 그 배신의 대가는 결코 가볍지 않다는
거 하나는 네가 알고 있어야 한다."

쉬익, 좌악!

백리웅은 소도를 뽑아 아룡의 팔을 베었다.

"이미 돌이킬 수 없는 일입니다."

아룡은 팔에서 흐르는 피 따위는 안중에도 없었다.

"끌끌. 지금이라고 늦지 않았다. 봐라, 자검단이 저 둘
을 어찌 못해 저리도 쩔쩔매고 있지 않냐."

자검단 중 일부가 이미 시체로 변했다.

예상치 못했던 일이지만 자검단의 힘만으로는 상황이
나아지지 않을 것이다.

백리웅의 입가에 비릿한 미소가 걸렸다.

"무태의 몸에 화천비가 꽂혔다가 빠졌습니다."

"……!"

"정확히 일각이 지나고 나면 맹독에 목숨을 잃을 것입
니다."

그 순간 아룡의 얼굴이 굳어졌다.

백리웅의 말처럼 화천비가 몸에 박혔다면 이미 독에 중
독됐을 것이다.

충분히 살릴 수 있는 일이다. 다만 무태를 살리려면 백
리웅을 놓친다.

화천비의 무서움은 누구보다 아룡이 더 잘 알고 있었다.

"네놈 하나 죽이고 치료해도 늦지가 않는 일이지."

"과연 그럴까요."

으드득.

아룡은 이를 갈았다.

"아저씨! 여, 여기!"

무태를 보살피고 있던 모용혜의 다급한 음성에 아룡은 마음이 조급해졌다.

"지금 목숨을 구했다고 해서 이런 행운이 언제까지나 이어질 거라고는 생각하지 마라."

"……."

백리웅은 멀어져 가는 아룡을 보며 고개를 숙였다.

그리고 주변을 살폈다. 시체로 가득해 지옥을 연상케 했다. 여기저기에 인간의 피로 물들었다.

백리웅은 토악질을 해 대기 시작했다.

꾸엑, 꾸엑.

속에 있는 내장이 다 튀어나올 정도로 격하게 토악질을 하고 난 백리웅은 미련 없이 그곳을 떠났다.

삐이익!

길게 울리는 휘파람 소리를 내며 백리웅이 점차 멀어져 가자, 자검단원들도 흩어지기 시작했다.

"미안……하다, 사영."

무태에게로 달려드는 반사영의 등 뒤를 보며 백리웅은

혼잣말을 했다.

  안전한 곳으로 무태를 데려가자마자 아룡이 한 건 무태의 몸에 박혀들어 간 맹독을 해독하는 일이었다.

  출혈이 멈춰 있었지만, 무태의 숨결은 미세하게 새어 나왔다.

  곧 죽어도 이상하지 않는 상태였다.

  아룡은 무태의 몸을 가부좌를 틀게 만들고 그의 등 뒤로 앉았다.

  그리곤 두 손을 무태의 등에 가져다 대고는 눈을 감았다.

  무태에게로 자신의 기운을 흘려보내 화천비로 인한 독을 치유할 셈이었다.

  반사영은 한참 그 모습을 지켜보다가 밖으로 나섰다.

  누구보다 무태가 살기를 바라지만 이미 세상을 떠난 동료의 시신도 제대로 묻어 주지 못했다.

  반사영은 단유하를 끌어안고 산을 올랐다. 이름도 모르는 그곳에 단유하를 묻게 되었지만, 슬프지 않았다.

  아니, 슬퍼하는 건 다음으로 미룰 작정이었다.

  지금은 단유하를 위해서 울어 줄 시간이 없다.

  백리웅의 목을 가지고 와서 그때…… 그때 지금의 이 감정을 터트릴 작정이었다.

"기다려요. 외로워도 좀 참고. 다시 돌아올 땐 백리웅 그놈의 목을 가져올 테니까."

반사영은 단유하를 용린편과 함께 묻었다.

그리고 자신의 검을 무덤 위에 꽂았다.

아버지의 유일한 유품이지만 죽은 단유하의 억울함을 이것으로 달래 주고 싶었다. 가장 아끼는 물건을 바침으로써 말이다.

"이제 좀 안심해도 될 것 같구나."

아룡이 지친 얼굴을 하면서 말했다.

반사영은 안도의 한숨을 내쉬었다.

"다행이네요."

"잘 묻어 주고 왔느냐."

"네."

아룡은 더 이상 질문하지 않고 반사영의 어깨를 두드려 줬다.

"정식으로 인사를 나눠라."

"모용혜라고 해요."

"천무하입니다. 이쪽은 동생 천아영입니다."

"나도 입이 있다구. 아영이라 불러 주세요."

"반사영입니다."

"혜아가 천마교에서 어떤 신분인지 아느냐."

"아뇨."

"교주의 유일한 혈육이다."

"……!"

반사영의 눈이 가늘어졌다.

평범한 신분은 아닐 거라고 생각하고 있었지만 엄청난 거물이었다.

"앞으로 잘 부탁드려요."

모용혜가 정중하게 다시 인사를 했다.

"그리고 반사영은 무영신군의 후계자다."

아륜의 말은 그 무게가 가볍지 않았다.

"무영신군의…… 후계?"

반사영을 바라보는 모용혜의 눈이 흔들렸다.

"무영신군 반적풍의 아들 반사영입니다."

"……!"

❖　❖　❖

"곽대우가 죽었습니다. 자검단원도 절반이 죽었습니다."

태사의에 앉아 있는 위지청에게 보고를 하는 인물은 백리웅이었다.

"살야단원 중 살아남은 건 저와 반사영뿐입니다. 백염

공이 나타나는 바람에."

"괜찮습니다."

백리웅은 마른침을 삼켰다.

"백리천호를…… 죽이고 싶다고 하셨죠?"

그 말에 백리웅은 고개를 들어 위지청을 바라봤다.

"백리천호는 천마교의 세작인데다가 가주라는 자리를
이용해 오래 전부터 천검맹을 흔들어 놓기 위해 안간힘을
써왔습니다."

"알고 있습니다."

"제 입장에서는 반드시 제거해야 할 대상이기도 하죠.
그 일을 그대에게 맡기려 합니다."

"반사영을 죽이지 못했는데 말이죠?"

"물론 그 점은 안타까운 일이에요. 무영신군의 후예를
살려 뒀다는 건 언젠가는 화를 불러올 일이니까요."

위지청은 하얀 이를 드러내 보이며 웃었다.

"동료들을 배신하면서 내 부탁을 들어준 그대에게 선물
을 드리죠. 약속대로."

위지청은 계단을 내려와 백리웅에게 다가갔다.

그리고 자신의 애병을 그에게 건넸다.

"맹주로서 그대에게 권한을 드리죠. 지금부터 그대를
자검단 단주로 임명을 하겠습니다."

"명…… 을 받듭니다."

"또한 백리천호의 목숨을 거둘 명분을 드리죠. 그를 처단하는 건 그대의 몫이에요. 이번에는 실망하는 일이 없기를 바라겠어요."

"물론입니다."

"마지막으로 하나의 선물을 하나 더 드리자면…… 백리천호가 죽고 난 뒤 그 자리를 백리웅 그대에게 드리고자 합니다."

백리웅의 눈가가 파르르 떨렸다.

"제가…… 가주가 되는 겁니까?"

"그대 아버지가 당연히 이었어야 할 가주 자리를 잇는 것뿐이에요."

백리웅은 자신의 아버지가 잇지 못한 백리세가의 가주 자리를 자신이 차지한다는 것이 믿기지 않았다.

"그럼 지금 그 자리를 되찾으러 가세요."

"명을 받듭니다!"

〈『무영존』 제3권에서 계속〉

1판 1쇄 찍음 2011년 3월 15일
1판 1쇄 펴냄 2011년 3월 17일

지은이 | 성 민
펴낸이 | 정 필
펴낸곳 | 도서출판 **뿔미디어**

기획 | 이주현
편집책임 | 주종숙
편집 | 장상수, 이재권, 심재영, 조주영, 이진선
관리, 영업 | 김기환, 김미영

본문, 표지 인쇄 | 광문인쇄소
제본 | 성보제책사

출판등록 | 2002년 9월 11일 (제081-1-132호)
주소 | 부천시 원미구 상3동 533-3 아트프라자 503호 (우)420-861
전화 | 032)651-6513 / 팩스 032)651-6094
E-mail | BBULMEDIA@paran.com
홈페이지 | www.bbulmedia.com

값 8,000원

ISBN 978-89-6359-950-2 04810
ISBN 978-89-6359-948-9 04810 (세트)